KB114699

HERO2300

FUSION FANTASTIC STORY

말리브 장편 소설

영웅2300

영웅2300 2

말리브 장편 소설

초판 1쇄 찍은 날 § 2014년 7월 8일
초판 1쇄 펴낸 날 § 2014년 7월 15일

지은이 § 말리브
펴낸이 § 서경석

편집부장 § 권태완
편집책임 § 박은정

펴낸곳 § 도서출판 청어람
등록번호 § 제387-1999-000006호
등록일자 § 1999. 5. 31
어람번호 § 제1-1891호

주소 § 경기도 부천시 원미구 부일로 483번길 40 서경B/D 3F (우) 420-822
전화 § 032-656-4452 팩스 § 032-656-4453
http://www.chungeoram.com
E-mail § chungeorambook@daum.net

ISBN 979-11-316-9113-7 04810
ISBN 979-11-316-9111-3 (세트)

HERO 2300

FUSION FANTASTIC STORY

영웅2300

말리브 장편 소설

2

도서출판

청어
람

CONTENTS

1장

연금술

오열은 브로도스에게 연금술을 배우기 시작했다.

하지만 브로도스는 오열에게 연금술 실험을 당장 하자고
했다.

그렇게 하려면 연금술 재료가 필요했다.

"하세요."

"아니, 그게 실험을 할 재료가…… 없네."

"네?"

"그러니까 자네가 재료를 모아다 주면 어떤가? 내가 알고
있는 모든 연금술을 자네에게 가르쳐 주겠네."

"별로 내키지 않네요."

"아니, 그러지 말고."

오열로서는 아쉬울 것이 없었다.

이론을 배우면 자신이 혼자 연구할 수 있다.

그에게는 브로도스에게는 없는 첨단 장비가 있지 않은가.

하지만 시간이 지나면서 브로도스의 괴벽이 도를 넘어가자 결국 손을 들고 말았다.

그는 광기에 가까운 집착을 보이며 실험을 하자고 졸랐기에 결국 연구실을 옮기기로 했다.

오열이 허락하자마자 이사가 결정되었다.

원만한 실험을 위해 몬스터가 많은 곳인 오스만 왕국 중에서 가장 최북단에 있는 슘마로 가기로 했다.

슘마는 몬스터가 많은 테르반 산맥의 끝자락에 있다.

오열도 이 슘마에 가는 것에는 찬성했는데 이곳이 전통적으로 철광석을 포함하여 광물 자원이 많이 묻혀 있었기 때문이다.

게다가 슘마는 용병이 많고 사람들이 호전적이어서 자체 방어가 가능하였을 뿐만 아니라 군사 도시라 몬스터를 막는 강한 성벽이 있었다. 몬스터가 인근에 있지만 안전한 지역이기도 했다.

오스만 왕국에서 유일하게 몬스터가 많은 곳에서 광물 채취가 가능한 곳이기도 했다. 용병이 많고 군대가 강하기 때문이다.

이사를 가는 날 오열은 브로도스의 옆에 딸려온 부록에 관심이 갔다.

어리지만 굉장히 예쁜 소녀였다.

"누굽니까?"

"내 손녀네. 애들 부부가 작년에 왕도로 가는 바람에 나와 같이 있게 되었지. 이번에 같이 갈 것이네."

"그래도 거기는 위험하지 않겠습니까?"

"걱정하지 말게. 몬스터 사냥은 우리가 하는 것이 아니라 자네가 하는 것이네. 우리는 안전한 슘마의 성벽 아래에 있을 것이네. 사냥은 자네가 하는 것 아닌가?"

"맞습니다. 제가 하는 거는……."

오열은 그냥 고개를 끄덕였다.

브로도스가 손녀에게 오열을 소개시켰다.

투명하게 비치는 하늘색 눈동자와 갈색의 머리는 소녀를 더욱 아름답게 보였다.

큰 눈, 오뚝한 코, 사랑스런 입술 등 어느 거 하나 미인의 기준을 벗어난 것이 없었다.

"아만다 샤프린이에요."

소녀가 미소를 지으며 오열에게 인사를 했다.

소녀가 웃자 갑자기 주변이 밝아졌다.

오열뿐만 아니라 제프, 알렉스, 조이도 그 미소에 반해 버렸다.

"오열이라고 해."

"제프입니다."

"알렉스입니다."

"안녕, 난 조이야."

인사를 끝내고 오열은 다시 아만다의 얼굴을 바라보았다.

여전히 예쁘고 귀여운 얼굴, 순진한 눈망울로 주변을 살피자 그 모습이 그렇게 귀엽게 보일 수가 없었다.

'크면 남자들 다 죽어나가겠군.'

얼굴만 예쁜 것이 아니라 성격도 밝고 잘 웃는다.

남자들이 예쁜 여자를 좋아하는 것은 사실이다.

하지만 성격도 많이 본다.

그중에서 잘 웃는 여자는 인기가 많다.

잘 웃는 상큼한 여자와 인상만 쓰는 여자를 비교하면 선택의 여지가 없다.

오열은 새삼스러운 눈으로 브로도스를 봤다.

성질만 더러운 연금술사인 줄 알았는데 다시 보니 제법 얼굴이 잘생겼다.

머리 좋고 잘생기고 돈도 많다. 손녀도 예쁘다. 나이 든 것

빼고는 부러웠다.

이사가 시작되었다.

일행은 마차 3대 분량의 짐을 싣고 떠났다.

오열이 이전에 타던 마차와 달리 튼튼하고 승차감도 좋았다.

가는 내내 날씨도 좋아 여행에 별다른 문제는 없었다.

오열은 브로도스와 손녀 아만다와 같은 마차를 타고 가면서 내심 흐뭇했다.

뭐 어떻게 해보겠다는 생각은 없었지만 예쁜 소녀와 같은 마차를 타고 가는 것이 기분 좋았다. 게다가 아만다는 상냥하고 친절했다.

'어쩜 할아버지와 반대냐. 진짜 손녀 맞나?'

오열은 아만다를 보면서 그런 생각을 했다.

도저히 친조손 관계로 볼 수 없을 정도로 많이 달랐다.

브로도스는 마차 여행을 하는 내내 새로운 실험에 대한 기대로 가득했다.

그래서 오열이 아만다에게 친절을 베푸는 것을 보지 못했다.

한 달간의 긴 여행 끝에 마침내 슘마에 도착했다.

관문부터가 달랐다.

거대한 성벽이 위압적인 모습으로 내려다보고 있었다.

숨마는 단일 도시이며 나탈리우스 백작의 통치를 받고 있다.

인구 60만의 대도시이며 군사적 요충지다.

군사력이 강해 몬스터의 도발이 있어도 금방 제압되며 수시로 몬스터 토벌전이 벌어지기도 한다.

오열은 숨마의 거대하면서도 강력한 성벽을 보며 감탄을 했다.

다른 것은 몰라도 성벽만큼은 감탄을 불러일으키기 부족함이 없었다.

일행은 여관에 투숙한 후에 천천히 집을 구하기로 했다.

연금술 실험을 해야 하기에 조금 외진 곳이 필요했고 보안을 생각해야 해서 튼튼한 집이 필요했다.

이 일에는 브로도스와 용병들이 알아서 했다.

아쉬운 놈이 땅을 파는 법이다.

오열은 가만히 있었다. 가끔 아만다와 이야기를 나누며 시간을 보냈다.

새로운 세계에 대해 어느 정도 관심은 있었지만 자신이 아바타라는 것 때문에 오열은 의도적으로 관심을 끊었다.

원래 그는 본체의 능력을 업그레이드하기 위해 아바타를 만들었다.

연금술이 있다는 것을 알고 배우기를 원했다. 본체가 강해질 수 있기 때문이다.

오열은 브로도스로부터 연금술을 배우면서 연금술이야말로 최고라는 것을 알았다.

연금술사는 망캐가 아니라 최고의 캐릭터다.

연금술사는 그 어떤 캐릭터보다 강해질 수 있다.

연금술을 제대로 연구하면 인간의 힘을 극대화할 수 있는 궁극의 기술을 배울 수 있다.

이를 위해서 몬스터에 대한 실험은 필수.

지피지기면 백전백승이기 때문이다.

연금술은 사물의 본질에 대해 연구를 한다. 그런데 지구에서 몬스터 연구는 쉽지 않다.

몬스터가 눈에 보이는 족족 메탈사이퍼들이 잡기 때문이다.

하지만 이곳의 몬스터는 남아돌았다.

몬스터가 사는 곳에는 인간들이 없다.

몬스터와 인간 사이에는 항상 경계지역이 있고 그렇지 않은 곳에는 슘마와 같이 거대한 성벽으로 몬스터를 차단했다.

그리고 그런 곳은 항상 군사요충지였다. 슘마도 이웃 왕국과 국경선을 맞대고 있다.

집을 구하자마자 오열은 브로도스에게 등이 떠밀려 몬스터 사냥에 나섰다.

원래 몬스터 사냥을 위해 아바타에 접속했던 것이므로 싫은 것은 아니었다.

하지만 오열은 브로도스에게는 싫은 티를 팍팍 내고 갔다.

용병들도 따라나섰다.

3개월이 지났지만 오열의 주먹이 무서워 떠나지 못하고 있었는데 오열이 적당한 돈을 주었고 또 무술도 가르쳐 주었다.

"이곳은 정말 몬스터 사냥이 많군요."

"그렇군."

기본적으로 슘마는 몬스터 사냥을 주업으로 삼는 용병과 몬스터 부산물을 구입하는 상인이 많았다.

이곳에서도 몬스터의 부산물은 고가로 거래되고 있다.

몬스터의 가죽은 일반 짐승의 가죽보다 더 질기고 단단하다.

가공하는 것이 힘들지만 가볍고 질겨 장비로 많이 만들어진다.

몬스터의 뼈, 힘줄도 여러 군데에서 사용된다.

몬스터 부산물의 가공업이 발달할 수 있었던 것은 마법과 연금술 덕이다.

산의 초입 부분에는 사람들로 북적거렸다.

대부분 무장을 한 용병이었다.

간간히 영지병들도 보였지만 그들은 사냥을 하는 것이 아니라 질서 유지와 용병 관리를 목적으로 파견되었다.

"자, 우리도 가자고."

"네, 오열 님!"

오열은 산을 올라갔다.

산에 올라가자 그 많던 사람이 조금씩 보이지 않기 시작했다.

산은 무척이나 깊고 높았다.

산의 초입 언저리에는 하급 몬스터조차 보이지도 않았다.

아마도 몬스터 사냥꾼들에게 모두 사냥을 당해서 그런 것 같았다.

"이거 몬스터 사냥도 경쟁을 해야 하는군."

"그러게 말입니다. 이곳은 군사와 용병이 많아 그런 것 같습니다."

"흐음."

길을 가다가 20여 명의 용병이 몬스터를 사냥하는 것을 보았다.

그들은 몬스터를 유인해서 차분하게 사냥을 하고 있었다.

사냥 방법이 지구에서 파티 사냥하는 것과 비슷했지만 더 효율적으로 하고 있었다.

일단 용병들은 몬스터의 발을 묶는 올무를 사용하면서 쉽게 몬스터를 사냥하였다.

그 모습을 오열은 주의 깊게 바라보았다.

발이 묶이면서 몬스터의 능력은 급격히 줄어들었다. 사냥 꾼들이 즐겨 사용하는 방법이었다.

"괜찮은 방법인데."

오열이 올무를 사용하려면 연구를 많이 해야겠지만 용병들의 사냥법을 참고하면 좋을 것 같았다.

'굉장히 실용적으로 사냥을 하는군.'

역시 몬스터 사냥이 활발한 숨마라서 다양한 몬스터 사냥법을 가지고 있었다.

오열은 물끄러미 용병들이 사냥하는 것을 지켜보았다.

강력한 올무로 기동성을 묶고 투창과 같은 중거리 무기를 사용하면서 위험도를 낮추고 사냥을 한다.

역시 전사가 앞에서 탱커 역할을 하면서 몬스터의 주의를 뺏으면 그 사이사이에 장거리 무기를 사용하는 사람들이 공격하면서 몬스터의 체력을 갉아먹었다.

지구에서의 몬스터 사냥은 메탈사이퍼의 능력으로 인해 직접 사냥을 선호했다.

게다가 힐러의 존재는 중거리 공격의 중요성이 인정되지 않았다.

간혹 아처로 각성한 메탈사이퍼가 없는 것은 아니었지만 그마저도 별로 많지 않았다.

오열은 탐색기를 꺼냈다.

여기저기 붉은 점이 보였다.

산의 초입 부분에는 몬스터가 거의 없고 있어도 이미 다른 몬스터 사냥꾼들이 사냥을 하고 있었다.

'좀 더 안으로 들어가야겠군.'

오열은 틈틈이 광물도 조사를 했다.

흐릿한 신호가 잡히는 곳이 있었지만 매장량이 매우 낮은 곳들이었다.

드디어 기다리던 몬스터가 나타났다.

거대한 트롤이었다.

녹색의 몸에 강철 같은 주먹을 가졌다. 용병들은 트롤을 보며 기겁을 했다.

"트, 트롤입니다."

"헉! 젠장. 트롤이야."

"저건 왜? 강해?"

"무지 강하고 엄청난 놈입니다."

오열은 용병들의 말을 듣고 긴장했다. 눈으로 봐도 강하게 생겼다.

"메탈부스터 파워 온."

부스터가 바로 켜졌다.

몸이 가벼워지고 온몸에 힘이 넘쳤다.

이 새로운 아바타는 강하고 민첩했다.

게다가 드래곤메탈아머의 HP는 어지간한 대형 몬스터를 만나도 버틸 수 있게 해준다.

오열은 트롤을 보고 뛰어나갔다.

자신의 영역에서 한가하게 걸어 다니던 트롤은 오열이 갑자기 달려들자 오만한 눈빛을 보냈다.

이 산에서 트롤보다 강한 몬스터는 별로 없다.

오우거나 미노타우로스나 그리폰 등이 아니라면 말이다.

그러나 오열의 에너지소드가 붉은 검기를 내뿜자 긴장을 하기 시작했다.

에너지로 뭉쳐진 붉은 검기는 몬스터의 본능을 자극했다.

몬스터는 본능적으로 위험을 감지하는 능력이 뛰어나다.

생존을 위해서는 본능이 발달할 수밖에 없다.

트롤은 거대한 주먹을 번개처럼 앞으로 내질렀다.

붉은 기운을 머금은 검이 마주쳐 왔다. 거대한 충격이 불꽃처럼 점화되었다.

트롤은 자신의 주먹이 상대의 검에 막혔다는 것에 놀랐다.

그리고 화끈한 통증이 몰려왔다.

피가 주먹으로 몰려갔다.

그런데 상처를 입은 부위가 재생이 더디게 이루어지고 있었다.

상처가 생기는 경우는 거의 대부분 순간적으로 회복되었다.

트롤이 이 산에서 제왕처럼 살 수 있었던 이유는 이러한 재생 능력이 있기 때문이다.

하지만 지금은 붉은 검기다발에 부딪힐수록 피부가 쩍쩍 갈라졌다. 게다가 상대는 너무나 빨라 제대로 맞힐 수도 없었다.

트롤은 화를 내며 마구잡이로 덤벼들었다.

그럴수록 상처는 늘어났다.

두 손으로 얼굴을 가리고 무조건 앞으로 나갔다. 무지막지한 공격이었다.

텅엉.

마침내 트롤의 주먹이 오열의 허리를 강타했다.

오열은 4미터나 날아가 바닥에 쓰러졌다.

순간의 방심이었다.

몬스터가 이렇게 나올 줄을 전혀 예측을 하지 못했다.

허리가 욱신거리고 아팠지만 대부분의 충격을 메탈아머가 흡수를 했다.

이상하게도 이 세계의 몬스터는 지구에 나타난 몬스터들보다 약했다.

그럼에도 불구하고 몬스터의 심장에는 여전히 마정석이

존재했다.

차이점도 있었다.

이곳의 몬스터는 오직 살과 피로만 되어 있다.

피부가 베이면 지구의 몬스터처럼 카오스에너지가 연기가 되어 날아가지 않는다.

녹색의 피만 흐를 뿐이었다.

오열은 벌떡 일어나 급하게 트롤의 공격을 벗어났다.

트롤은 승기를 잡은 것을 아는지 오열이 반격하지 못하도록 집요하게 공격을 해왔다.

'할 수 없군.'

오열은 계속 뒤로 물러날 수만은 없었다.

힘을 다리에 주고 이를 악물고 트롤의 주먹을 맞받아쳤다.

까앙.

다시 쇠와 쇠가 부딪히는 소리가 들려왔다.

동시에 몬스터의 비명 소리가 들려왔다. 트롤의 주먹 일부가 날카롭게 잘려 나갔던 것이다.

오열은 뒤로 한 걸음을 물러났지만 데미지는 거의 받지 않았다.

무지막지한 방어력을 가진 메탈아머가 완충작용을 한 탓이었다.

그리고 사이퍼 메탈에너지를 발과 허리에 골고루 분배한

덕분이기도 했다.

승기를 잡은 오열이 맹렬한 속도로 공격하기 시작했다.

검을 휘두르면 이전보다 베이는 상처가 더 깊어졌다. 그와 동시에 트롤의 공격은 눈에 띄고 약해졌다.

마침내 오열의 검이 트롤의 복부에 꽂히자 트롤이 비명을 지르며 무너져 내렸다.

오열은 재빨리 다가가 트롤의 목을 잘랐다. 지루하고 위험했던 사냥이 비로소 끝이 났다.

"우와, 대단해요."

구경을 하던 용병들이 소리를 질렀다.

어차피 짐꾼으로 데려온 용병들이지만 아무것도 하지 않는 그들이 오열은 불만이었다.

'저놈들에게도 일을 시켜야겠군.'

오열은 트롤을 도축하여 산을 내려왔다.

내려오면서 오열은 이런 사냥은 비효율적이라는 것을 깨달았다.

인간은 머리가 있는데 이렇게 우격다짐으로 싸울 것은 아니라는 생각이 든 것이다.

그동안의 사냥 방법은 너무 무식한 방법을 고수해 왔다.

인간이라면 머리를 써서 해야 한다.

"헐. 이게 뭔가. 트롤 아닌가?"

"왜 아니겠어요."

"진짜였군. 진짜였어."

오열은 트롤의 부산물을 보고 놀라 감탄만 하고 있는 브로도스를 노려봤다.

자신을 믿지 못하면서 산으로 보냈다는 것은 몬스터 먹이가 되어도 좋다는 의미가 포함되어 있었기 때문이다.

'이 영감탱이가. 확 엎어버려?'

그때 아만다가 살랑거리는 원피스를 입고 나타났다.

오열을 보자마자 달려왔다.

"오열이 오빠. 와, 이거 오빠가 잡은 거예요. 완전 멋져요."

"하하하. 내가 좀 멋지긴 하지."

"와! 나 나중에 오빠와 결혼해야지."

"아니, 네가 그런 말을 하면 내가……."

"아만다 왔느냐?"

"네, 할아버지."

오열은 중간에 끼어든 브로도스가 얄미웠다.

결혼이야 가능하지도 않다는 걸 알고 있다.

자신은 아바타가 아닌가.

그리고 어린 소녀들의 말은 시간이 지나면 거의 대부분 무위로 끝나고 만다.

어떨 때에는 자신이 그런 말을 했다는 것조차 기억하지 못하기도 한다.

그렇지만 기분은 좋았다.

어쨌든 자신이 그만큼 매력적이라는 소리가 아닌가.

오열은 회심의 미소를 지었다.

"자네, 꼭 변태 같네."

"하하."

트롤의 부산물을 보다가 실실 웃고 있는 오열을 향해 브로도스가 마침내 한마디 했다.

그 모습을 보고 아만다가 미소를 지었다.

"내 손녀와 잘되는 것은 말리지 않네. 크크크, 자네가 내 손녀사위가 된다면 나야 좋지. 몬스터 부산물을 공짜로 공급받을 것 아닌가."

"쩝."

오열은 강하게 부정을 하려고 했지만 아만다가 자신을 뚫어질 듯 바라보고 있었기에 차마 그런 말을 하지 못했다.

아바타라지만 욕심이 날 만큼 아만다는 예쁘고 사랑스러웠다.

아만다가 어리다는 것은 별로 문제가 되지 않는다. 소녀도 크면 숙녀가 되는 법이니까.

아만다가 자신을 좋아하고 있다는 것을 알자 기분이 좋아졌다.

누군가 자신을 좋아하고 있다는 것은 그 상대가 어리든 어쨌든 기분 좋은 일이다.

특히 요즘 오열은 정서적으로 갈급함을 느끼고 있기에 더욱 그러했다.

혼자 산다는 것은 생각보다 인간의 감성을 삭막하게 만들었다.

외부와 단절된 채 눈만 뜨면 아바타에 접속하는 일은 재미는 있어도 인간을 외롭게 만들었다.

인간의 살 냄새, 다정한 눈빛, 걱정해 주는 말들이 그리웠다.

그런데 아만다와 이야기를 하면서 그런 것이 많이 충족이 되었다.

물론 아만다가 그만큼 사랑스러워서 가능한 것이기도 했다.

어린 나이에도 불구하고 욕심을 가질 정도로 그녀는 귀엽고 사랑스러웠다.

'쩝, 내가 아바타만 아니었다면 키워서 잡아먹는 건데. 아쉽다, 아쉬워. 진짜 아쉽다. 너무 아쉽다. 젠장.'

오열이 안타까운 눈빛으로 아만다를 쳐다보았다.

그러자 아만다가 얼굴을 붉히며 고개를 떨구었다. 오열의 눈빛이 부담스러웠던 것이다.

아만다의 입장에서는 오열은 굉장히 특이했다.

이상한 물건도 많이 가지고 있었고 재미있는 이야기도 많이 알고 있었다.

그가 이야기해 주는 '백설공주', '인어공주', '신데렐라' 등의 이야기는 너무 재미있었다.

게다가 그는 이 세상에 존재하지 않는 사람인 듯 이 땅의 사람들과는 너무나 달랐다.

항상 입고 있는 은빛 갑옷, 멋지고 아름다운 검, 재미있는 이야기 등이 너무 좋았다.

소녀의 가슴에 꽃이 피고 있었다.

소녀들은 항상 꿈을 꾼다.

멋진 사랑과 애절한 비극, 그리고 신데렐라처럼 어느 순간에 화려하게 바뀌는 신분 등 매일매일 상상 속에서 주인공이 되곤 했다.

어쨌든 소녀들의 가슴은 뭔가를 갈망하게 된다.

그리고 그 갈망의 기준은 이상하게도 너무 높지 않다는 게 문제였다.

정말 이상하게도 어지간한 것들은 콩깍지가 씌어 아름답

게 포장이 된다.

그녀들의 눈에는 온통 장밋빛으로 물드는 세상이 된다.

"오빠, 우리 시장으로 놀러가요."

아만다가 오열의 손을 잡아 이끌었다.

오열은 아만다의 손을 잡고 시장으로 갔다.

이런 경우 아만다는 자잘한 액세서리를 사주기를 원한다.

가격이 저렴한 것들이라 그때마다 사주었다.

아만다는 그것을 통해 오열이 자신을 좋아하고 있다고 생각했다.

사랑은 아직 아니었다.

그녀 자신도 단지 동경이라는 것을 알고 있었다.

그래도 이 이상한 남자가 좋았다.

괴팍한 성격을 가졌지만 자신에게는 늘 다정다감하게 대해 주었다.

그게 더 매력적으로 다가왔고 그 다정함에 고맙다는 생각을 하게 되었다.

어린 소녀는 고마움과 사랑을 구별할 만큼 이성적이지 못했다.

한참을 손잡고 다니니 어느새 선물로 두 손 가득 찼다.

돈이 많은 오열에게는 아무런 문제가 되지 않았다.

아만다가 골라봐야 다 값싸고 겉보기만 예쁜 것들뿐이었다.

오열은 트롤을 잡느라고 산에서 이틀을 보냈기에 피곤했다.

혼자 갔다면 접속을 종료했겠지만 용병들 때문에 그렇게 하지를 못했다.

그들과는 이제 제법 정도 들었다.

밀려오는 정신적 피로감에 이제는 접속을 종료하고 싶었다.

그래서 서둘러 아만다를 데리고 집으로 돌아왔다.

돌아오니 브로도스가 일에 미쳐 있었다.

비록 대부분 도축되어 있는 트롤의 부산물들을 더 섬세하게 분류하고 있었다.

버리려고 했던 트롤의 가죽마저 쓸 수 있는 부분들은 따로 잘라놓았다.

트롤의 힘줄을 어떻게 만들었는지 아주 말끔하게 만들어 놓았다.

마치 전선줄처럼 미끈했다.

살에 스며 있던 트롤의 피조차 말끔하게 빼어 한곳에 담았다.

'워 굉장하네.'

브로도스는 어느 것 하나 버리지 않고 모두 유용한 재료로 만들어 놓았다.

놀고 있는 용병들이 얄미워 트롤의 내장까지 가져왔는데 그마저도 비커에 넣어놓았다.

정말 그는 연금술사처럼 보였다.

"하하하. 첫 몬스터가 트롤이라니. 난 꿈에도 생각하지 못했네. 포션을 만들어서 자네에게 주겠네."

"포션요?"

"포션을 모르는가?"

"포션이 뭐예요?"

"허, 이거 연금술을 배우겠다는 놈이 포션도 몰라?"

오열은 브로도스에게 기본도 모르는 놈이라고 욕을 먹었다.

브로도스의 말을 듣고서야 오열은 알게 되었다.

포션의 가치를.

오열은 역시 연금술사가 된 것이 천만다행이라고 생각했다.

그는 마치 연금술사로 각성하게 된 것에 절망했던 적이 없었던 것처럼 행동했다.

"그 포션 만들 때 나랑 같이 만들어요."

"아니, 왜?"

"좋은 것은 빨리 배워야죠."

"허허허. 그렇군."

브로도스는 자신이 알고 있는 모든 연금술을 오열에게 가르쳐 주겠다고 약속을 했으니 거절할 명분이 없었다.

마침 포션을 만드는데 재료가 부족하니 며칠 있다가 만들어야 했다.

그 사실을 확인하고 오열은 접속을 종료했다.

접속을 종료하고 침대에서 잠을 잤다.

아바타가 잠을 잤지만 야영을 해서 몸이 피곤했다.

다음 날 아침에 일어나 밥을 먹었다.

기본적으로 아바타에 접속을 하면 본체의 신진대사는 급격히 느려진다.

그래서 이삼 일은 먹지 않아도 몸에 무리가 가지는 않는다.

그리고 장기 접속을 하게 되면 기본적인 영양제는 기계를 통해 강제 주입이 되기에 아바타에 오래 접속한다고 죽을 일은 없다.

휴대폰을 보니 PMC에서 부재중 전화가 와 있었다.

오열은 PMC라면 별로 기분이 좋지 않았다.

아무래도 모든 메탈사이퍼를 관리하는 기관이기 때문이었다.

PMC를 생각하면 생각나는 단어가 '통제' 였다.

사실 PMC의 목적 자체가 능력자들을 관리하는 것이니 통제가 틀린 것은 아니었다.

"여보세요?"

[아, 이오열 씨. 잠시 만날 수 있을까요?]

"무슨 일이시죠?"

[저희 팀장님이 한번 뵙고 싶어 하십니다.]

"무슨 일인데요?"

[그것은 팀장님이 뵙고 말씀드릴 것입니다.]

"알았습니다."

오열은 어쩔 수 없이 약속 시간을 잡았다.

역시 PMC와는 평등 관계가 성립될 수가 없었다.

아무리 유능한 메탈사이퍼라 하더라도 마찬가지였다. 국가와 동등한 자격을 갖출 수 있는 사람은 없었다.

국가가 메탈사이퍼로 각성하는 것을 도와주고 또 장비를 제공해 주는데 능력자들이 어떻게 동등해질 수 있겠는가.

'아, 젠장. 왜 맨날 오라 가라 하는 거야?'

오열은 기분이 나빴지만 약자의 서러움을 삼키며 묵묵히 PMC로 갔다.

"어서 오시죠."

안내를 받아 들어간 곳에는 이동건 팀장이 그를 맞이했다.

가볍게 서로 인사를 나누고 본격적으로 이야기가 시작되었다.

"아바타에 대한 기록을 저희가 볼 수 있는 것을 아시죠?"

"물론입니다. 하지만 그것은 초기에 한한 것 아니었나요?"

"물론 그렇습니다. 하지만 UN의 규정이 있어 개인 사생활이 아닌 부분은 저희가 열람을 할 수 있게 되어 있습니다. 얼마 전에 그쪽 행성의 사람들을 죽이셨더군요."

"네, 산적들이었습니다."

"그래도 그들을 죽이지 않고 다른 방법이 있으셨을 터인데 무턱대고 죽이셨더군요."

"그게 문제가 되요? 분명 살인은 규정에 제재를 받게 되어 있지만 그것은 아바타의 도덕적인 문제 때문에 그런 것이죠. 그놈들은 산적들이었습니다. 그들을 죽인다고 제가 어떤 이익이 생기는 것도 아니지 않습니까?"

"바로 그것입니다. 아무런 이익도 안 생기는데 굳이 살인을 할 이유가 있겠습니까? 자제를 부탁드립니다. 비록 UN 규정에 어긋나는 것은 아니지만 과한 부분이 있었습니다."

"알겠습니다."

오열은 별로 내키지 않았지만 이동건의 말을 받아들였다.

사람들 죽이는 것은 어쨌든 내키는 일은 아니었다.

양심의 가책을 받거나 하지는 않았지만 산적을 죽이고 나서 기분이 찜찜했던 것은 사실이기 때문이었다.

"오늘 오시라고 말씀을 드린 것은 에너지스톤을 공급해 주실 수 없는지 부탁을 드리려고 한 것입니다."

PMC도 오열이 에너지스톤을 채굴한 곳을 찾으려고 했지만 안타깝게도 자료가 없었다.

개인의 인권 문제 때문에 오열이 작업한 곳의 위치나 지형이 전송되지 않은 탓이었다.

개인의 인권은 한국이 왕정으로 바뀌면서 한층 더 강화되었다.

그래서 아무리 PMC라 하더라도 무단으로 자료를 열람할 수 없었던 것이다.

초기 6개월간도 사람들을 만나는 자료와 중요한 장면이라고 인식된 것만 넘어왔다.

다만 뉴비드 행성에 원래부터 있던 우주 함선의 군인들은 예외였다.

그들은 작전을 위해 아바타를 조정했으므로.

사실 지도 같은 것은 무인 비행기로 쉽게 만들 수 있기에 지형에 대한 정보를 얻는 것은 별로 중요한 것은 아니었다.

요즘 들어서 오열은 협상의 달인이 되어 가고 있었다.

먼저 요구하는 놈들이 대부분 다급한 쪽이다.

느긋하게 반응하면 돈이 올라가는 것은 기본적인 원리였다.

오열은 시큰둥한 반응을 보였다.

"뭐, 글쎄요. 땅 파는 것은 이제 지겨워서요."

"아니, 그래도 우리나라를 생각해 주셔서, 부탁을 드립니다."

"뭐 전 그렇게 생각 안 합니다. 저는 국민의 한 사람으로서 착실히 세금을 내고 있습니다. 민간인이 그거면 되는 것 아닙니까?"

초기에 돈이 필요해서 7개월 동안 땅만 팠다.

오열의 성격이 이상하지만 않았으면 며칠 파다가 포기를 했을 것이다.

힘들게 에너지스톤을 채취해 오니 PMC는 거저먹으려고 들었다.

자신이 난리를 쳐서 그나마 더 받았지만 두 번 다시 거래하고 싶지 않았었다.

누구든 자신이 호구가 되었다는 것을 알아차리면 기분이 나빠지는 것은 당연한 일이다.

일반인이 정부와 거래를 하면 손해를 보기 쉽다.

PMC는 항상 원가로만 계산을 하기 때문이다.

오열이 던전에서 주운 장비도 모두 원가로 계산했다.

만약 이것을 사기업과 거래를 했더라면 훨씬 더 많은 돈을 받았으리라.

그때는 아바타를 새로 만들어야 했기에 어쩔 수 없이 거래를 한 것이다.

이제는 다시 정부와 거래할 생각은 없었다.

연금술사인 자신에게 에너지스톤은 단순한 물건이 아니었다.

연금술에서 증폭의 역할을 하는 물건이었기에 화력과 성능에 가장 영향을 미치는 중요한 실험 재료가 되었다.

헐값에 정부와 거래를 할 이유가 사라진 것이다.

들리는 말로는 몬스터가 출몰하고 있다는 말이 돌고 있었지만 확인된 것은 아니었다.

예상보다 빠른 몬스터의 출몰에 학계가 당황하고 있었지만 아직 메탈사이퍼들에게 잘 알려지지 않았다.

그냥 그렇다는 말이 은연중에 돌고 있는 정도였다.

오열은 몬스터가 나타나도 장비가 없어 사냥에 나갈 수도 없다.

연금술을 온전히 배우지 못해 몬스터가 출몰한다고 하더라도 당분간은 생각이 없었다.

"저 그러면 에너지스톤이 있던 위치라도 가르쳐 주시면 안 되겠습니까?"

"아, 기억이 잘 안 납니다. 죄송합니다."

오열은 이동건의 말을 듣고 피식 웃었다.

누구를 호구로 봐도 완전히 개호구로 본 것이다.

"그러면 저는 가보겠습니다."

"아, 네. 이렇게 나와 주셔서 감사했습니다."

"아, 뭘요."

PMC는 어쩔 수 없는 집단이다.

공공의 목적으로 만들어져서 사적 이익이라는 것에 취약하다.

그래서 물건의 가치를 있는 그대로만 판단하는 경향이 강하였다.

그 물건이 만들어낼 파급효과를 생각해서 가격을 매기는 데에는 인색하다.

그렇다는 말은 두 번 다시 PMC와 거래할 일은 없을 것이라는 말과도 같았다.

인간은 서로 다른 목적을 가지고 움직인다.

그 움직임의 중심에는 이익이 자리한다.

어떤 이익이든 무엇인가 있게 마련이다.

그것이 돈이 되었든 아니면 권력과 쾌락이든 무엇인가를 얻지 않으면 잘 움직이지 않으려 한다.

하다못해 남을 돕는 행위 자체도 정신적인 보상이 없다면 유지하기 힘들다.

애국심이 별로 없는 오열에게는 공허한 이야기일 뿐이다.

집으로 돌아온 오열은 곧장 아바타에 접속했다.

이제는 아바타가 경험하는 것이 실제의 세상처럼 여겨졌다.

아직까지는 아바타가 얻는 것이 현실에서보다 더 많았다.

그것이었다.

오열이 아바타에 계속 접속하게 만드는 것이.

더욱이 예쁜 소녀가 기다리고 있었고 그녀는 세상이 주지 못하는 정서적 유대감을 그에게 줬다.

여자로 느껴지는 것은 아니지만 좋아하는 것은 사실이었다.

동생 같고 가족 같았다.

2장

아만다 샤프린

"오빠, 어제 어디 갔었어?"

"아, 아만다."

이틀 만에 접속했더니 아만다가 그를 기다렸는지 궁금해
했다.

오열은 자신을 기다려주는 사람이 있다는 사실에 감격해
가볍게 포옹을 했다.

가볍게 안으려고 했는데 아만다가 품안으로 쏙 안겨왔다.

물컹한 가슴의 감촉에 깜짝 놀라 뒤로 물러났다.

"너……."

"왜요, 오빠?"

"응, 아니다."

오열은 역시 서양 아이들은 발육이 좋다고 생각했다.

아직 소녀인데 가슴의 감촉은 그게 아니었다.

오열은 기분이 좋으면서도 혼란스러웠다.

아바타가 사랑에 빠지면 어떻게 될지도 몰랐고 아이라고 생각했는데 몸은 아이가 아니어서 당황스러웠다.

"오열이 오빠. 할아버지가 찾으시던데."

"아, 그랬니?"

"응, 그런데 어디 갔었어?"

"비밀."

"피이. 할아버지가 포션 제작에 필요한 재료를 다 구하셨대."

"그래? 빨리 구하셨네. 좀 걸릴 줄 알았는데."

"응, 여기가 의외로 약초가 풍부한데. 몬스터 사냥꾼이 많아 약초 채집꾼들이 산 깊숙이 들어갈 수 있어서 그런가 봐요."

"아, 그런가?"

오열도 몬스터 사냥을 하기 위해 산속을 뒤졌을 때 간혹 약초꾼들을 봤었다.

그들은 몬스터의 이동 동선을 피해 약초를 채집하고 있었던 것이다.

몬스터들은 자신의 영역이라고 모든 곳에 있지는 않다.

우리도 늘 가던 곳만 가듯, 몬스터들도 잘 다니는 길이 따로 있는 법이다.

어지간한 몬스터는 몬스터 사냥꾼이 다 사냥을 하니 조금만 주의를 해도 약초꾼이 산 깊숙이 들어가 약초를 채취할 수 있다.

이상하게도 몬스터가 많은 곳에는 약초도 많았다.

아만다와 헤어지고 브로도스를 만났다.

그는 지하 실험실에 있었다.

"이제 왔는가?"

"포션 준비가 다 되었다면서요?"

"그래, 매우 흥미로운 일이지. 이렇게 많은 트롤의 피는 사실 나도 처음이네. 그나저나 포션 제작은 정말 오랜만이군."

"언제 하셨는데요?"

"한 40년 전쯤 되려나?"

"헐~"

"포션 제작은 연금술사가 되었을 때 한 번 하고 말았지. 원래 포션만을 전문적으로 제작하는 연금술사들이 따로 있거든. 그리고 트롤의 피를 구하는 것도 쉽지 않고."

"아, 그렇군요."

오열은 브로도스의 말에 고개를 끄덕였다.

함뮤트 대륙 어디서나 포션은 고가의 제품으로 굉장히 귀중하게 다루어지고 있었다.

그래서 트롤의 피는 거의 대부분 연금술사연합회에서 수거를 하기에 개인이 제작하기에는 어려운 점이 있었다.

또 그렇게 했기에 항상 적정한 포션 가격을 유지하고 있는 것이다.

어디나 장사꾼들의 담합이 없는 곳은 없다.

돈이 되는 곳에는 이익을 탐하는 사람들이 몰려들게 마련이다.

"자네, 왜 포션을 트롤의 피로 만드는지 아는가?"

"글쎄요."

"이런 썩을 놈. 기본이 안 돼 있어. 내가 네놈에게 연금술을 가르쳐 준다는 말만 안 했어도 너 같은 놈에게 절대로 가르쳐 주지 않았을 것이다."

"영감님, 제가 요즘 아만다와 조금 친하게 지내는 것을 너무 믿고 계시는 것 아닌가요?"

"헉! 커험. 험험."

브로도스가 무엇인가 들킨 표정으로 기침을 했다.

오열은 눈을 가늘게 뜨고 브로도스를 노려보았다.

어쩐지 예쁜 손녀와 친하게 지내도 방관을 하더니 그게 다

목적이 있었던 것 같았다.

"험험. 그건 그렇고 트롤은 몬스터 가운데 가장 재생력이 높네. 피에는 생명력이 담겨 있지. 자칼의 피에는 자칼의 생명력이. 오우거의 피에는 오우거의 생명력이. 피는 생명의 근원이야. 그러므로 트롤의 피에는 트롤의 놀라운 재생력까지 담겨 있지. 연금술이란 사물의 본질을 꿰뚫는 학문. 만물의 궁극적인 원리를 탐구하는 것이지. 자, 트롤의 재생 능력이 높은 이유가 무엇인지 생각을 궁구해 보면 금방 파악이 되지 않나? 그래서 연금술사들은 트롤의 피를 가지고 실험을 한 것이라네."

"아, 그렇군요."

브로도스의 설명은 굉장히 쉬워 오열이 이해가 잘되었다.

아만다 왕국의 최고의 연금술사라고 하더니 역시나 명불허전이었다.

원래 실력이 좋은 교수가 강의를 쉽게 한다. 뭣도 모르는 것들이 괜히 어렵게 말을 하는 법이다.

말을 쉽게 할 줄 안다는 것은 그만큼 명확하게 이해를 했다는 것을 의미하기 때문이다.

오열은 브로도스의 옆에서 포션을 만드는 것을 지켜보았다.

트롤의 피를 정제하고 그것을 중화시킨 다음 약초와 혼합하여 만들면 된다.

이렇게 만들어진 것은 숙성실에서 잘 보관하면 서로 다른 속성을 가진 성분들이 하나로 결합하게 된다.

"쉽네요."

"그럼 이게 뭐 얼마나 어려울 것이라고 생각했나? 모든 것은 익숙해지면 쉬워지는 것이지."

오열은 브로도스의 말에 고개를 끄덕였다.

그도 브로도스가 자신이 도축한 것을 다듬었던 것들을 보았다.

그 단순한 손질 하나에도 장인의 정신이 보이지 않았던가.

"이렇게 간단한 것을 왜 연금술사 중에서 포션만 제작하는 자들이 하는지 아는가?"

"글쎄요?"

"자네는 좀 생각 좀 하고 살게."

브로도스는 잘 나가다가 면박을 주곤 하였다.

그게 브로도스의 성격이라 어쩔 도리가 없었다. 그럴 때마다 오열은 얼굴을 살짝 찡그릴 뿐이었다.

"효율성이지. 트롤의 피가 고가이니 함부로 다룰 수는 없어. 그러니 가장 잘 만들어야지. 최후의 한 방울까지 포션으로 만들어야 그게 다 돈이 되는 거야. 연금술은 뭐를 만들어도 잘 만하면 그게 다 돈이 되거든. 그래서 사람들은 연금술사들이 납으로 금을 만든다고 생각하지. 허허허, 그게 가당키나 한 일인가. 하지만 연금술사는 납으로 금을 만들 듯이 크게 돈을 벌 수는 있지. 포션 제작도 납으로 금을 만드는 일 중하나야."

"아, 그렇군요."

오열은 생산직 능력자들이 갈 길이 보이는 것 같았다.

끊임없이 자신의 재능을 개발하다 보면 지금까지 보이지 않던 길이 서서히 열릴 것이다.

오열은 브로도스가 다 만들어진 포션을 숙성실에 옮겨 담는 것을 지켜보았다.

연금술은 사물 속에 숨겨진 것들을 밝히는 것이다.

포션은 트롤의 피에서 재생의 능력을 발견하여 상품으로 만든 것에 지나지 않다.

사람들 눈에는 보이지 않지만 이미 그 속에 존재하는 것을 겉으로 드러내어 효과를 극대화할 뿐이다.

"그런데 왜 트롤의 피에 여러 약재가 들어가는지 아는가?"

"모릅니다."

오열은 아직 연금술에 대한 배움이 짧아 쉽게 생각할 수 없었다.

"험험. 자네도 연금술을 이왕 배우기 시작했으니 사물의 본질을 궁구하는 훈련을 하도록 하게. 트롤의 피에는 분명 무지막지한 재생의 능력이 있지. 그래서 포션을 먹으면 상처를 입은 부위가 순식간에 아물기도 하지. 포션은 힘줄은 물론 뼈와 살을 순식간에 재생시키지. 하지만 그런 재생은 본래 몬스터의 것. 인간과 몬스터는 다르지 않나?"

"아……."

"흠, 그래도 머리는 좋군."

브로도스가 한마디를 했다.

오열은 얄미운 브로도스를 보고 한숨을 내쉬었다.

배우는 입장이고 또 귀여운 아만다의 할아버지라 그냥 참기로 했다.

빨리 연금술을 배워서 이런 구박에서 벗어나는 수밖에 없다고 생각하며.

"몬스터의 피는 당연히 인간의 피와 다른 성분으로 되어 있지. 즉, 그것을 그냥 인간이 먹었을 때에는 여러 부작용이 생긴다네. 심하면 바로 죽지. 약초는 몬스터의 피가 가지는 부작용을 없애주는 역할을 해. 봉뜨트 양초는 몬스터의 독성을 중화시켜 주고 마린드 잎은 과도한 재생 능력을 완화시키고 네둘란은 서로 다른 성분들을 결합시켜 주지."

브로도스의 설명을 듣고 오열은 연금술이 쉽지 않다는 것을 느꼈다.

그냥 들어가는 약재만 외웠다면 나중에 문제가 생길 것이 뻔했다.

그리고 그 많은 약재 가운데 단 하나만 없어도 포션을 만들지 못할 것이다.

오열은 트롤의 피를 정제하는 법부터 배웠다.

그것을 약재와 섞어 포션을 만드는 단순 과정을 했을 뿐인데 늦은 저녁이 되고 말았다.

브로도스가 하는 것을 봤을 때에는 굉장히 쉬워 보였는데 자신이 직접 해보니 무척이나 시간을 많이 잡아먹었던 것이다.

결국 오열은 만든 포션을 숙성실에 넣고서야 접속을 종료할 수 있었다.

늦은 밤, 오열은 창밖을 바라보았다.

추적추적 비가 오고 있었다.

아바타에 접속해 있는 동안 현실에서 무엇이 일어나고 있는지 아무것도 몰랐다.

태풍이 올라오고 있었다.

이 비는 태풍의 전조였다.

바람에 창문이 부르르 떨며 흔들리고 있었다.

TV를 켜니 바람을 동반한 태풍 볼라벤은 시속 180㎞의 속도로 북상 중이었다.

이미 남부지역과 제주도는 강한 태풍의 영향으로 지붕이 날아가고 간판이 떨어졌다.

길가의 가로수가 뽑히고 넘어진 모습이 TV 화면에 그대로 보였다.

오열은 일어나 집 주변을 둘러보았다.

서울 외곽에 지어진 집은 매우 튼튼했다.

다만 창문이 위험해 보여 TV에서 방송한 예방법대로 투명 테이프를 X자로 붙였다.

과학이 최고로 발달한 지금도 자연을 제어하지 못한다.

한때 태풍과 폭우 등을 제어하는 데 성공을 했다.

하지만 그 뒤에 일어난 자연재해는 끔찍했다.

그래서 세계 각국은 인위적인 방법을 포기했다.

자연이 미쳐 날뛰면 그렇게 하는 이유가 있는 법이다.

그것을 인위적으로 막다 보면 예상하지 못한 결과를 가져온다.

물 흐르는 대로.

세상은 그렇게 흘러가야 자연스러운 법이다.

오열은 TV를 끄고 눈을 감았다.

새로운 세계, 그리고 그곳에서 만난 사람들.

분명히 가상현실게임과 구분이 되었다. 아마도 그것은 아만다 때문인 것 같았다.

가족이라는 것.

오열도 가족이 있다.

하지만 가끔 전화로만 연락을 하고 있을 뿐이다.

멀리 떨어져 있으니 필요할 때 도움을 줄 수 없다.

외로움을 그 멀리 떨어진 가족들이 위로해 줄 수 없는 법이다.

사랑한다면 같이 살아야 한다.

오열은 그렇게 생각했다.

능력자로 각성하고 정부가 주는 집에 무심코 살았다.

부모님이 계시는 곳에는 몬스터도 던전도 없었으니.

그때는 목구멍이 포도청이라 그랬다.

부자가 된 지금은 돌아갈 수 있을까?

다시 그 한적한 시골로 돌아가 적응할 수 있을 것 같지 않았다.

그리고 몬스터에게서 인류를 지키는 일은 그 어떤 능력자라도 멈출 수 없는 의무다.

오열은 다시 돌아올 몬스터를 생각하면 마음이 답답해졌다.

새로운 몬스터는 또 얼마나 강해져서 나올지 전혀 예상이 되지 않았다.

'아마도 몬스터가 강해지는 만큼 능력자들도 강해지겠지.'

몬스터가 강해질수록 메탈사이퍼들이 강해지는 것은 아니었다.

메탈 드워프들이 만드는 장비들이 좋아졌을 뿐이다. 그리고 몬스터에 대항하는 기계들이 좋아질 뿐이다.

그럼에도 불구하고 인간은 언제나 몬스터를 잠재웠다.

하지만 이번에도 과연 그러할까?

어떻게 보면 메탈사이퍼들은 끊임없이 장비를 업그레이드하느라 허리가 휘어진다.

분명히 능력자들은 일반인들보다 더 잘산다.

돈도 더 많고 더 크고 좋은 집에서 산다.

하지만 몬스터들을 방어하느라 제대로 된 연애도 못하는 경우가 많았다.

그쪽 세계도 장비가 남들보다 떨어지면 한순간에 왕따가 되기에 마음을 놓을 수 없다.

오열은 자신이 가진 장비를 생각했다.

던전에서 운이 좋아 주은 그 장비들은 최고의 무기였다.

필드에서만 사냥을 했다면 죽었다가 깨어나도 장만할 수 없는 장비들이었다.

그런 장비를 마련하기 위해 얼마나 많은 사냥을 했을까?

오열은 이런저런 생각을 하다 마침내 눈을 감았다. 잠이 태풍처럼 거세게 몰려왔다.

오열은 아침 일찍 일어나 운동을 하고 아바타에 접속을 했다.

접속을 하고 용병들과 일찍 몬스터를 잡으러 갔다.

몬스터가 많은 산이라고 하였지만 몬스터 사냥꾼이 많아서인지 몬스터가 잘 보이지 않았다.

그래서 몬스터를 잡으려면 더 깊숙이 들어가야 했고 그래서 사냥하는 데에 시간이 많이 걸렸다.

확실히 몬스터는 몬스터들의 천국이라고 할 수 있는 아마스트라스 숲이 최고였다.

우주 함선이 있는 곳이니 지금도 각국의 군인들은 열심히 그곳에서 몬스터 사냥을 하고 있을 것이다.

"오늘은 저번보다 더 깊숙이 들어왔네요."

"몬스터가 보이지 않으니 어쩔 수가 없지."

"몬스터 사냥이 너무 활발해서 그런 듯합니다."

"그것은 어쩔 수가 없는 일이야. 슘마 근처에 몬스터들이 있는 것은 유사시에 무척이나 위험한 일이니 백성들의 안전을 위해 지속적으로 몬스터를 퇴치해야 하지."

"아, 그래서 영지의 기사들과 병사들은 월드란으로 출병을 간 것이군요."

월드란은 슘마와 30㎞ 떨어진 곳으로 몬스터의 소굴이라고 할 만한 곳이었다.

개인이나 용병들은 꿈도 꾸지 못할 정도로 몬스터가 많은 곳이다.

이미 2,000명의 영지병과 300명의 용병이 기사들과 함께 출발한 지 2개월째였다.

오열도 나중에 한번 가보고 싶은 곳이었다.

지금은 연금술을 배우기 위해 필요한 몬스터만 잡고 있는데 나중에는 용병을 고용해 가볼 생각이었다.

"가져온 것들의 사용법은 알고 있지?"

"그럼요. 여러 번 연습을 해보았습니다."

용병들의 손에는 몬스터들의 발을 묶을 덫이 들려 있었다.

몬스터 사냥꾼들을 보고 오열이 재빨리 주문을 한 것이다.

쉽게 사냥할 수 있는데 굳이 힘들게 사냥을 할 이유가 없었던 것이다.

"자, 준비. 몬스터가 근처에 있다."

오열의 말에 용병들이 긴장했다. 오늘은 너무 산 깊숙이 들어온 것이 걱정이 되었다.

"자, 긴장들 하지 말고. 용병의 목숨은 언제 죽을지 모르지만 최대한 오래 살아야지. 그건 니들이 어떻게 준비하느냐에 달려 있어."

"네, 알고 있습니다."

수풀 사이로 몬스터가 보였다. 이번에는 숲의 제왕 오우거였다.

"빙고. 오우거네."

오열은 오우거를 보자 반색을 했다.

오히려 오열에게는 오우거가 나았다.

트롤의 경우는 재생력이 좋아 잡는데 오래 걸렸기 때문이다.

오우거는 아마스트라 숲에서도 여러 번 잡아 보았다.

오열은 용병들이 올무를 준비하는 동안 오우거를 살펴보았다.

은회색의 털로 덮인 오우거는 크고 강해 보였다.

'저놈은 꽤 좋은 마정석을 주겠는데.'

오열은 회심을 미소를 지으며 올무가 완성되자 오우거를 유인하러 갔다.

*　　　*　　　*

오열을 본 오우거가 바람처럼 달려왔다.

거대한 포효를 지르며.

산이 오우거의 고함 소리에 놀라 부르르 떨었다.

오열은 뒤로 물러나면서 부스터를 켰다.

사실 그는 오우거와 맞짱을 떠도 되지만 굳이 그럴 필요를 못 느꼈다.

드래곤메탈아머의 능력과 충전기로 HP를 보충하는 것은 최악의 경우에나 해야 한다.

아머의 HP가 모두 소진되었는데 그때 또 다른 몬스터가 나타나면 그때는 얌전하게 죽어주는 수밖에 없기 때문이다.

체르릉.

용병들은 긴장을 하며 올무의 줄을 잡아당겼다.

3개의 올무 중에서 운이 좋게도 맨 처음 올무에 오우거의 다리가 묶였다.

용병들은 처음 올무를 사용하였음에도 불구하고 완벽하게 성공했다.

달려오던 속도가 있어서인지 발이 묶인 오우거가 순간 기우뚱 앞으로 기울였다.

그 순간 오열이 재빨리 달려들어 오우거의 목을 베었다.

너무나 순식간이었다.

붉은 검기의 다발에 오우거의 목이 댕강 잘렸다.

"어……."

"헉!"

"말도 안 돼!"

말도 안 되는 것은 오우거의 목을 자른 오열도 마찬가지였다.

오우거가 제 힘을 이기지 못하고 앞으로 넘어지는 순간 달려들어 목을 베었기에 오우거가 도저히 막을 수가 없었다.

"이거 뭐야……?"

오열은 자신의 검을 휘둘러 보았다.

검면에 오우거의 녹색 피가 아직도 흘러내리고 있었다.

"와아, 역시 소드마스터의 위력이야."

"오열 님, 완전 존경합니다."

제프가 오열의 앞에서 손을 비비며 말했다.

오열도 어처구니가 없기는 마찬가지였다.

저번에는 트롤을 사냥하는 데 어려움을 많이 느꼈었는데 지금은 순식간에 잡았다.

"이건 아닌 것 같은데……."

오열은 너무 허무맹랑하여 도축을 할 생각도 못했다.

인간이 도구를 사용한다는 것이 이렇게나 대단한 것인지 처음 알았다.

물론 메탈사이퍼의 에너지소드는 여타의 몬스터를 두렵게 할 만한 것이긴 하였다.

하지만 단순히 올무에 걸린 오우거가 달려오던 가속을 이기지 못하고 넘어진 것이 이런 대단한 결과를 가져오게 될 줄은 몰랐던 것이다.

자신의 허점을 노출시키지 않는 몬스터에게 순간, 찰나와 같은 빈틈을 제대로 이용한 것이다.

인간은 자연 상태에서는 정말 허약한 존재이다.

어떤 남자도 용맹한 사자를 상대로 싸워서 이길 수는 없다.

하지만 도구를 사용하면 달라진다.

인간의 생존은 어떻게 도구를 사용해 왔는가에 달려 있었다.

오열은 몬스터의 약점이 목이나 눈과 같은 곳이 아니라 다리라는 사실을 새삼스레 깨달았다.

기동성을 상실한 몬스터는 더 이상 두려워할 것이 없었다.

"오열 님, 이 오우거를 어떻게 할까요?"

"아, 도축해야지. 너희 중에 도축을 할 줄 아는 사람이 있나?"

"조이가 잘합니다."

"그럼 조이가 오우거의 가죽과 부산물을 꺼내도록."

오열의 말에 조이가 신이 나서 오우거를 해체했다.

오우거의 힘줄은 가죽과 함께 꼭 필요한 것이었다.

오우거의 심장과 마정석, 그리고 뼈를 모았다. 심지어 오우거의 피까지 하나도 빼놓지 않고 모았다.

브로도스가 새롭게 만든 마법주머니에 집어넣자 그 많던 오우거의 잔해물이 모두 다 들어갔다.

오열은 오랜만에 나왔으니 더 많은 몬스터를 사냥하고 싶었으나 야영에 대한 부담감 때문에 욕심을 접고 마을로 돌아왔다.

가는데 이틀 오는데 이틀 걸렸다.

오는 도중에 다른 몬스터를 만나 사냥을 하기도 했다. 저택으로 돌아오자마자 오열은 접속을 종료했다.

오열은 소파에 앉아 커피를 마시며 태풍이 지나간 거리들을 TV로 보았다.

아바타의 접속을 종료하고 나니 세상이 달라져 있었다. 태풍이 할퀴고 간 도시는 을씨년스러웠다.

'곧 정비하겠지.'

쓰러진 가로수와 붕괴된 도로는 결국 고쳐질 것이다.

오열은 눈을 감았다.

그리고 보니 이 현실 세계에서는 잠만 자고 있었다.

도대체 어떤 것이 진짜 삶인지 이제는 헷갈렸다.

오열은 나직하게 한숨을 내쉬었다.

지금의 상태는 만족스럽지 않지만 어쩔 수 없이 굴러가는 경향이 강했다.

막말로 현실에서 할 것이 없었다. 아니, 할 수 있는 것이 별로 없었다.

연금술을 배울 때까지는 이러한 생활이 유지되리라는 사실을 깨닫고 오열은 눈을 감았다.

오열은 아바타에 접속하여 몬스터를 사냥하고 연금술을 배우는 생활을 거듭했다.

날이 지나고 시간이 흘렀다.

오늘도 오열은 실험실에서 거대한 몬스터의 사체를 녹여내고 있었다.

오우거의 뼈와 내장기관이 용매제에 흐물흐물 녹기 시작하더니 맑은 액체로 변했다.

"오, 자네는 보기보다 능력이 뛰어나군."

거대한 뼈와 살과 심장이 맑은 물로 변했다. 이 물은 오우거의 생명력이 담긴 것이다.

예전에는 이것을 카오스에너지 형태로밖에 뽑아낼 수 없었다.

그것도 연금술사나 메탈 드워프만이 가능했다.

이제는 다양한 형태로 내용물을 추출할 수 있다.

가장 기본적인 것은 이렇게 몬스터 자체가 가지고 있는 생명력을 용액으로 추출하여 만드는 것이다.

이렇게 만들어진 생명력은 다양한 형태로 변이가 가능하다.

심지어 카오스에너지로 전환도 가능하다.

고도로 정제된 것일수록 용액은 맑게 변한다.

두 달 전까지 오열은 회색 상태의 생명력을 추출해 냈고 브로도스에게 잔소리를 실컷 듣고는 그가 손을 보곤 했다.

하지만 지금은 브로도스의 도움 없이 완전한 형태의 추출물을 만들어냈다.

거대한 오우거의 부산물들이 작은 통에 물처럼 맑은 액체로 변해 있었다.

이런 생명력이 담인 액체에 마정석이나 미스넬, 그리고 에너지스톤을 첨가하여 다양한 것을 만들 수 있다.

인간이 사체로 이용하여 다이아몬드를 만들었듯이 이곳 세계의 연금술사들은 몬스터의 생명력을 액체로 만들어 광범위한 형태로 사용하고 있었다.

어떻게 보면 과학보다 더 뛰어난 본질적인 학문이지만 문제는 연금술이 어렵고 실험 재료가 비싸다는 단점이 있다.

"흐흐흐."

"애송아, 이제 겨우 걸음마를 해놓고 지랄도 병이다."

"아, 그래도 내게는 대단한 날이죠."

"허허, 네 말이 맞긴 하다. 아주 완벽한 형태로 오우거의 생명력을 추출했으니 이제 드디어 연금술사가 되었구나."

"원래 나 연금술사였어요."

"지랄을 똥으로 처먹고 있냐?"

"아, 진짜, 아만다만 아니면 내가 안 참는다."

"허허허, 그러면 너도 아만다처럼 예쁜 딸이라도 하나 낳으면 되지 않느냐?"

"그게 잘되면 당장 했죠."

"그게 뭐가 힘드냐? 그냥 아만다와 결혼해서 딸을 낳으면 되는 것을."

브로도스의 말에 오열은 입을 닫았다.

정말 그러고 싶었다.

지난 3년 동안 아만다는 쑥쑥 자라서 이제 숙녀가 다 되었다.

여자의 변신은 무죄라더니 정말 아만다는 눈부시게 아름답게 자랐다.

오열이 연금술 실험실 밖으로 나가자 그를 본 아만다가 쪼르르 달려왔다.

"오열이 오빠, 힘드셨죠."

아만다가 재빠르게 수건으로 오열의 이마를 닦았다.

땀도 나오지 않은 오열의 이마에 향긋한 향기가 나는 손수건이 뒤덮였다.

오열의 눈에는 앵두처럼 붉은 입술이 보였다. 아니, 입술만 보였다.

'아, 저 입술은 예술이구나 예술. 아니, 저 잘록한 허리는

또 어떻고.'

저절로 눈이 아래로 향한다.

"아이, 오빠 너무 노골적이에요. 뭐 나는 좋아요. 하지만 밖에 나가서 다른 여자에게 그러면 안 돼요."

"아, 미안. 네가 너무 예뻐서. 나도 모르게 보게 되었네."

"흥, 예쁘면 내 얼굴을 봐야지 왜 엉큼하게 거길 봐요?"

"미안해. 아만다! 내 눈이 죄를 지었어. 눈을 빼버릴게."

"어머낫. 안 돼요."

아만다가 기겁을 하며 오열의 손을 잡았다.

잡은 손을 통해 따뜻한 온기가 전해져 왔다. 그리고 오열은 소녀의 풋풋한 향기가 라벤다향처럼 달콤하고 향긋한 냄새에 정신이 없었다.

오직 아만다의 입술만 보였다.

속으로는 안 된다고 주문을 해도 꿀을 찾는 벌처럼 오열의 눈에는 오직 아만다의 입술만 보였다.

"내 이럴 줄 알았다. 이놈아, 어린애를 두고 뭐하는 짓이냐?"

"아무것도 아녀요."

"뭘 아무것도 아냐? 내 손녀의 입술을 빤히 쳐다보았잖아?"

"네, 쳐다만 보았어요. 내 눈 가지고 보지도 못해요?"

"썩을! 성년이 되도록 기다리거라. 아니면 미리 데려가던지. 뭐 둘이 사고를 치고 난 다음 오리발을 내밀면 내가 뭘 어쩌겠느냐?"

"하하하, 제가 아만다를 덮치는 순간 할아범의 종이 되는 거죠. 아만다야, 넌 저 할아버지를 버리고 나에게 와야 한다. 그냥 오면 절대 안 된다."

"네, 오빠!"

"쩝"

브로도스는 오열의 말에 냉큼 대답을 하는 아만다를 보며 혀를 차며 입을 닫았다.

그도 안다. 청춘이 뭔지.

청춘의 피가 얼마나 뜨거운지. 그리고 사랑이 얼마나 지독한지도.

하지만 그런 시간을 보내고 나면 인간은 성숙하게 된다.

그래서 내버려 두고 있었다.

사랑은 말린다고 되는 것이 아니다.

다행하게도 저 음흉한 놈이 무슨 이유인지 손녀를 건들고 있지 않으니 그것만으로도 그는 좋았다.

오열은 자신을 보고 향기로운 미소를 짓는 아만다를 보고 이곳에서 살고 싶어졌다.

그게 불가능한 것이라는 사실을 알고는 마음이 아팠다.

보고 느끼고 냄새를 맡고 생각을 해도 자신의 몸은 아바타에 지나지 않았다.

안타까운 일이었다.

오열은 아만다의 아름다운 모습에 속으로 아무리 '아만다는 동생이다, 가족과 같은 아이야!' 라고 되뇌어도 늘 한걸음씩 다가오는 아마다의 모습에 마음의 벽이 무너져 내린다.

오빠가 아빠 되는 거지 뭐하고 키워서 잡아먹으려고 해도 자신은 아바타였다.

'젠장, 빌어먹을!'

오열은 괜히 신경질이 났다.

외로운 그에게 아만다는 너무나 깊이 다가왔다.

그게 지금은 가장 큰 문제였다.

"오빠!"

"나 내년이면 18살이 돼."

"하하하. 그렇구나."

오열은 아만다의 말을 듣고 역시 어린아이라고 생각했다.

"오빠, 모르는구나. 오스만 왕국은 여자 나이가 18살이 되면 성인식을 하게 돼."

"헐~ 정말?"

"응."

환하게 웃는 아만다를 보자 머릿속에서 거대한 종이 뎅뎅

하고 울렸다.

오열은 아만다를 보고 어설프게 웃었다.

'아, 망했다. 난 아바타인데 말이다.'

지난 3년간 아만다가 있어 행복했다.

남들은 변태라고 욕을 할지 몰라도 그에게 아만다는 동생이면서 동시에 가끔 여자이기도 했다.

그럴 때마다 자신이 변태가 아닐까 의심을 했지만 다른 여자아이들에게는 그런 마음이 전혀 들지 않아 안심을 했었다.

오열은 아만다를 집으로 돌려보내고 천천히 걸어 나왔다.

짙은 갈색의 하늘이 먹물처럼 변하기 시작하면서 비가 내리기 시작했다.

오열은 내리는 비를 피하지 않고 그대로 맞으며 자신의 인생을 생각했다.

'나는 본체의 능력을 업그레이드하기 위해 왔는데 여기에 더 빠졌어. 이 어설픈 세계가 좋아진 거야. 지구에 몬스터가 나타났다고 해도 이제는 아무렇지가 않아. 조금도 흥분이나 기대가 되지 않아.'

몇 주 전에 PMC로부터 연락이 왔다.

이제 이 뉴비드 행성에서 지구로도 물건을 보낼 수 있게 되었다고.

그러면서 은근히 광물을 채취해 주기를 바랐다.

오열의 곁에는 여전히 제프, 조이, 알렉스가 떠나지 않고 있었다.

오열이 가르쳐 준 무술로 인해 실력이 제법 향상이 된 것에 고무되어 떠나지 않은 것이다.

게다가 몬스터 사냥으로 인해 돈벌이가 아주 짭짤했기 때문이기도 했다.

'다음 주부터는 또 땅을 파야지. 이놈의 노가다는 해도 해도 끝이 안 나는군.'

땅을 파는 것도 몬스터를 잡는 것도 실험을 하는 것도 모두 노가다였다.

오열은 자신의 키가 커진 것도, 외모가 잘생겨진 것도 잘 몰랐다.

밖에 나간 적이 거의 없기 때문이다.

오열은 적어도 5년은 더 이곳에 머물 생각이었다.

첨단장비의 도움으로도 그 정도의 시간은 있어야 브로도스에게 연금술과 마법을 배울 수가 있게 되니까.

오열은 비로소 연금술사는 물론이고 과학자가 노가다 직종이라는 것을 깨달았다.

물론 창의적인 부분이 많이 있지만 실험하고, 실험을 하고, 또 실험하여야 한다.

원하는 것이 나올 때까지.

만족스러운 결과가 도출 될 때까지.

끊임없이 실험을 해야 한다. 결국 머리 좋은 사람들이 하는 노가다가 과학이었다.

오열은 하늘을 보며 욕을 해댔다. 그 모습을 아만다가 보고 미소를 지었다.

"와아, 역시 오빠는 저렇게 이상한 짓을 해도 너무 멋져!"

어릴 때부터 꽁깍지가 낀 아만다는 오열이 뭘 해도 멋지게 보였다.

사랑에 빠진 평범한 소녀의 모습이었다.

아바타를 사랑한 소녀가 미소를 짓고 있었다.

*　　　*　　　*

오열은 땅을 팠다.

폭약을 정교하게 다루는 솜씨가 좋아질수록 일은 빨라졌다.

여전에는 모든 일을 혼자서 하다 보니 시간이 많이 걸렸지만 지금은 아니었다.

오히려 일이 무척이나 쉬워졌다.

땅을 파기만 하면 나르는 것은 용병들이 하기 때문이다.

"오열 님, 오늘도 많이 했네요."

"그런가?"

"그럼요. 수레로 30번이나 날랐는데요."

제프의 말은 쉬자는 것이었다.

사실 연금술사인 오열은 땅을 파는 것은 어렵지 않았다.

화약을 설치하여 폭파를 시키면 직경 2m의 암반이 부서진다.

제프가 이렇게 만들어진 흙과 암석 조각들을 수레에 담으면 나머지는 새로 고용한 용병들과 조이, 알렉스가 날랐다.

일이 분업화되다 보니 속도는 굉장히 빨라졌다.

'아, 구토만 아니면 며칠 걸리지도 않을 텐데.'

하루를 꼬박 땅굴을 파면 그다음 날은 예외 없이 머리가 아파왔다.

7개월 동안 땅만 지겹도록 판 것이 그에게 트라우마가 되었다.

그렇다고 일을 용병들에게만 맡겨놓을 수는 없었다.

용병들은 삽질은 잘할지 몰라도 땅은 못 판다.

폭약을 사용하는 것도 서투르다. 잘못하다가는 동굴 자체가 무너질 수 있다.

갱도는 타원형의 모양으로 천천히 내려갔다.

주로 암석이 많아 이번에는 땅속에 사는 몬스터가 없지만 땅속으로 깊숙이 내려가야 했기에 작업의 진척은 빠른 편은 아니었다.

하루 종일 흙을 밖으로 나르는 일은 고되고 힘이 들었다.

용병들이 없었다면 애초부터 채굴은 시도조차 하지 못했을 정도로 힘든 작업이었다.

"하, 정말 징글징글하네요."

새로 고용된 용병 스미스가 말을 했다.

그는 이 고된 일이 마음에 들었다.

힘이 들지만 몬스터를 사냥하는 것보다는 안전했다.

또 쉬는 날에도 임금이 지급되기에 불만은 없었다.

땅속을 무슨 이유로 파는지 모르지만 관심은 없었다.

용병들이 의뢰를 받을 때 비밀유지 서약을 해야 한다.

용병들은 의뢰인의 비밀은 어떠한 상황에서도 공개할 수 없다.

무슨 일인지 짐작은 가지만 일부러 추측을 하지 않았다.

괴팍한 의뢰인은 의외로 삯이 후하였다.

하루를 일하면 그다음 날에는 쉬었다. 그래서 땅속에서 두더지마냥 흙을 나르는 일은 할 만했다.

"오늘은 여기까지 하지."

"휴, 오늘은 마을에 가서 한잔을 해야겠군. 목이 컬컬한데."

"야, 넌 아서라. 넌 술만 마시면 개가 되잖아. 그러니 일이 끝날 때까지 참아라."

"오늘은 딱 한 잔만 할 거다. 내일은 어차피 일도 없으니까."

스미스와 용병들은 웃음을 터뜨렸다.

살바트르 산은 해발 3,525m나 된다.

하지만 이들이 작업하는 곳은 마을에 인접한 산이다.

다만 지세가 험하여 일반인들은 거의 작업할 수 없을 정도다.

거리는 가깝지만 험해 돌아가는 시간도 3시간이나 걸렸다.

땅속에서 마나석은 다양한 형태로 분포한다.

은광과 함께 소량으로 발견되기도 하고 지하 깊은 곳에서 대량으로 발견되기도 한다.

오열이 파고 있는 곳은 절벽을 끼고 돌아가는 협곡이다.

밖에서는 잘 보이지 않는 외진 곳이었다.

오열은 옷을 털고 떠나는 용병들을 보며 미소를 지었다.

힘들지만 한 사람이 하는 것보다 여러 사람이 힘을 합해서 하니 훨씬 일이 빠르고 쉬웠다.

혼자였다면 아무리 마나석이 많이 매장되어 있다고 하더라도 엄두도 내지 못했을 것이다.

용병들을 고용하느라 나가는 돈이 적지 않지만 채굴할 마나석에 비하면 별로 부담이 가는 액수는 아니다.

숨마가 국경을 마주하고 있기에 이렇게 개인이 광산을 채취하는 것은 불법이 아니다.

대부분 채취되어지는 광석들은 숨마를 통해 거래가 되기 때문에 그때 적정한 세금이 붙는다.

이렇게 특혜에 가까운 혜택을 주지 않는다면 아무도 광산을 개발하려고 하지 않을 것이다.

다행히도 산이 험한 대신에 광석의 매장량이 많아 곧잘 채취되곤 하였다.

오열은 일주일을 작업하고 다시 일주일을 쉬었다.

쉬는 동안 그는 브로도스에게 연금술과 기초 마법을 배웠다.

마법은 기본적인 원리에 국한되었다.

브로도스가 마법사이기는 하지만 공격 마법보다는 생활 마법에 일가견이 있었다.

연금술의 부족한 부분을 마법으로 메우려는 의도로 배운 것이다.

오열은 몬스터의 부산물에서 생명력을 추출한 후부터 브로도스에게 본격적인 연금술을 배우기 시작했다.

각 사물에 있는 본질에 따른 화학적 요소를 결합하는 것이다.

"흠, 자네는 유독 마비제나 화약에 관심이 많군."

"아무래도 몬스터를 상대하려면 그 편이 나으니까요."

"몬스터가 인간에게 위협적인 존재이기는 하지만 평범한 사람은 평생을 가도 보지 못하는 사람이 수두룩하네."

"몬스터도 진화를 하니까 지금 위험하지 않아도 대책을 마련해야죠."

"몬스터의 진화라……."

브로도스가 오열의 말에 고개를 갸웃거렸다.

그는 평생을 실험하느라 몬스터 사냥은 거의 하지 않았기에 선뜻 이해가 되지 않는 말이었다.

그는 연금술이 인간의 생활과 미래에 편리를 제공해 줄 수 있다고 보았다.

그가 공격 마법을 배우지 않은 이유도 그러했다.

칼을 쥔 자는 언젠가는 그것을 사용하기를 원한다는 사실.

그는 비록 성격이 괴팍하기는 하지만 사람을 죽이거나 몬스터를 사냥하는 것을 그다지 좋아하지 않았다.

브로도스는 오열이 연금술을 배우는 빠른 속도에 놀라고 있었다.

처음 배울 때는 일반 사람보다 다소 느렸다.

하지만 이해력이 상당히 빨라서 참고 가르쳤다.

덕분에 그의 잔소리가 늘었다.

그런데 언제부터인지 잔소리할 일이 생기지 않았다. 무척이나 빠른 학습 능력이었다.

'저놈에게 아만다를 맡기는 것도 그런대로 괜찮기는 하지.'

아만다가 얼마나 오열을 좋아하는지 아는 그로서는 인정할 수밖에 없었다.

이곳 슘마로 이사하지만 않았다면 둘은 만나지도 않았을 것이다.

상냥하고 아름다운 손녀를 이상한 녀석에게 빼앗기는 것 같아 심술이 났지만 그것이 인생이라고 생각했다.

아이가 태어나 자라고 나면 언젠가는 자신의 인생을 살아간다는 사실.

세월은 그가 그것을 인정하게 만들었다.

오늘도 오열은 아만다와 시장에 갔다.

언제나처럼 손을 잡고 종알거리는 아만다의 입을 보면 그 모습이 얼마나 귀여운지.

지나가는 사람마다 아만다의 외모에 놀라 뒤를 돌아보곤 한다.

오열은 그때마다 왠지 승리자라도 된 듯 어깨에 힘이 들어갔다.

"오빠, 우리 차 마셔요."

"그러자."

아만다가 기뻐하며 차를 파는 곳으로 달려갔다.

나이가 들면서 차분해지기는 했지만 여전히 밝고 잘 웃는다.

자리에 앉아 레티몬산 홍차를 마시며 오열은 아만다의 말을 들었다.

"그런데, 오빠. 나는 남자가 사랑의 세레나데를 불러주면서 반지와 함께 청혼을 해줬으면 좋겠어요."

그녀는 오열의 눈치를 슬쩍 보더니 다시 말했다.

"꼭 내가 그런 것을 바란다는 것은 아니고요."

누가 들어도 꼭 그렇게 해달라는 말이기에 오열은 빙그레 웃었다.

이렇게 귀엽고 예쁜 여자가 청혼을 기다리는 것을 보면 기쁘면서도 한숨이 나왔다.

요즘은 인어공주가 왜 그렇게 사람이 되고 싶어 했는지 너무나 잘 이해가 되었다.

생각 같아선 결혼하고 싶었다.

지금이라도 당장!

하지만 확인해 본 결과 성 기능을 못하는 아바타로서는 말짱 꽝이었다.

그리고 본체가 지구에 있기에 이곳 함뮤트 대륙에는 하루의 반밖에 있을 수 없었다.

오누이로 지낼 때는 그것이 별것 아닐 수 있으나 부부가 되면 하루의 반나절의 부재는 매우 크게 느껴질 것이다.

'그래도 욕심이 나.'

만약 오열이 아만다를 심각하게 생각하지 않았다면 벌써 그녀를 가지고 놀려고 했을 것이다.

지구에서 간간히 원나잇을 통해 여자와 몸을 섞곤 하듯이 말이다. 하지만 오열은 그러지 않았다.

집으로 돌아왔지만 아만다는 이전과 달리 돌아가지 않았다.

"아만다, 왜?"

"오늘은 그냥, 더 있다 갈래요."

"응. 그렇게 해."

오열은 늘 있는 일이라 무심코 그러라고 했다.

소파에 앉아 연금술에 관한 책을 보는데 아만다가 살며시 옆으로 다가와 앉았다.

"응?"

오열은 오늘은 평소와 다르게 행동하는 아만다를 보고 의문이 가득한 표정으로 바라보았다.

아만다는 오열의 눈빛을 무시한 채 살며시 다가와 품에 안졌다.

부드러운 피부가 느껴졌다.

라벤다향이 방 안에 가득 퍼졌다. 붉고 빛나는 입술이 다가 왔다.

'헉!'

오열이 놀라는 순간 아만다의 입술이 닿았다.

오열은 그녀의 대담한 행동에 놀랐다.

왜 이런가 생각해 보니 며칠 전이 아만다의 18번째 생일이었고 그녀는 이곳의 관례에 따라 성인이 된 것이다.

그 사실을 기억하자 오열은 자기도 모르는 사이에 아만다의 입술을 빨고 있었다.

혀와 혀가 부딪히자 아만다가 가느다란 신음을 토해냈다.

"아~"

오열은 그 작은 소리에 자극을 받아 더 깊은 키스를 했다.

그러자 아만다의 호흡이 갑자기 거칠어지더니 가슴이 마구 뛰었다.

오열은 순간 이성을 잃었다.

정신을 차리고 보니 입술로는 아만다의 귀와 목을, 손으로는 잘록한 허리를 어루만졌다.

아만다는 자신이 원한 일이지만 너무 자극적인 쾌감이 한꺼번에 몰려오자 정신을 차릴 수가 없었다.

지금 잠시 멈춰 쉬고 싶었지만 오열을 제지하면 오랜만에 가진 이 좋은 분위기를 깰 것 같아 꾹 참았다.

오열은 이렇게 완벽하게 아름다운 몸매를 보면서도 꿈쩍을 하지 않는 자신의 남성을 보며 가까스로 욕망을 참았다.

"하아~"

오열의 손이 멎자 아만다가 거친 한숨을 내쉬었다.

그러면서 몸을 파르르 떨며 긴 여운을 음미하기 시작했다.

그리고 갑자기 오열의 품에 매달려 흐느껴 울기 시작했다.

오열로서는 너무 놀라 아만다를 보며 왜 그러냐고 물었지만 그냥 울기만 했다.

오열의 옷이 눈물로 젖자 아만다는 얼굴을 들고 다시 격렬한 키스를 해왔다.

서툴고 기교도 없는 키스였지만 정말 뜨거운 키스였다.

"나, 이날을 얼마나 기다렸는지 알아요?"

"……."

오열은 기쁘면서도 슬펐다.

소녀가 이제는 숙녀가 되었는데 자신은 그것을 기뻐할 수 없었다.

이렇게 매력적인 아가씨가 자신만을 바라보고 있는데도 말이다.

어쩌면 동생 같아서 더 좋았는지도 모른다.

마냥 귀엽고 예쁘게 보이니.

하지만 이 좋은 시절도 끝이 다가오는 소리가 들리는 것 같아 오열은 괴로웠다.

'뭔가 방법이 있겠지.'

아바타는 인간에 가장 유사하게 만들어졌다. 성행위만 못할 이유는 없어 보였다.

"뭐 생각해요?"

"이런저런 생각."

"피이!"

둘은 서로의 체온을 나누며 불안한 미래에 대해 생각했다.

남자는 슬픔을, 여자는 행복을.

서로의 몸을 탐해서인지 아만다는 애인처럼 행동했다.

남자 경험이 없는 그녀로서는 충분히 만족스러운 시간이었다.

더 깊고 뜨거운 것이 아직은 남아 있다는 것을 본능이 말해주었지만 오늘은 이것만으로도 행복했다.

아만다는 성인이 되자마자 오열을 유혹했는데 다행하게도 생각대로 반응해 왔다.

간혹 그녀는 오열이 자신을 여자로 좋아하지 않고 있으면 어떻게 하나 두려워하곤 했다.

다행히 그가 자신을 여자로 보고 있어서 좋았다.

"행복해요."

"응. 나도."

오열은 자신의 아바타가 성행위를 할 수 있었다면 어땠을까 생각했다.

더 깊고 끈적한, 아니, 뜨거운 시간을 보냈을 것이다.

오열은 접속을 종료하고 나왔다.

이렇게 될 것이라고 예상했었다.

그동안 아만다는 그에게 끊임없이 신호를 보내왔었다.

그것을 무시하고 있었던 것은 자신이었다. 하지만 그 간단한 유혹에 바로 넘어갔다.

마음이 있으니 몸은 자연스럽게 반응한 것이다.

'왜 사랑을 해서.'

꼬맹이 때부터 좋아했던 아만다였다.

정신적 사랑으로 만족하고 싶었는데, 자꾸 욕심이 둥지를 틀고 시간이 갈수록 덩치를 키웠던 것이다.

"개새끼."

무심결에 뱉어진 말에 오열은 스스로 흠칫 놀랐다.

개새끼 같은 일을 자신이 하고 있다.

책임을 지지도 못할 것이면서 여자의 마음을 덥석 받으면 안 되는 것이었다.

이제는 수단과 방법을 가리지 않고 함께할 수 있는 방안을 모색해야 한다.

오열은 나직하게 한숨을 내쉬었다.

그러나 마음은 한숨과 달리 가슴 가득 행복으로 물들어가기 시작했다.

TV를 키자 뉴스 속보가 나왔다.

드디어 몬스터가 세상에 나타난 것이다.

각 던전에는 몬스터들이 하나둘 나타났고 필드에도 몬스터가 나타났다.

―드디어 몬스터가 새로 나타나기 시작했습니다. 보도에 이석희 기자입니다.

―오늘 나타난 몬스터는 기존보다 훨씬 더 강력해졌습니다. 몬스터마다 차이는 있지만 두 배에서 세 배는 더 강력해진 몬스터라고 합니다. 거대 길드의 장들이 모여 연합을 할 정도로 몬스터는 강해졌습니다. 일부 사냥된 몬스터의 부산물을 살펴보았을 때 마정석의 농도는 더 강하다고 합니다. 이는 몬스터의 마정석에서 얻을 수 있는 카오스에너지가 많다는 말입니다. 하지만 대부분의 몬스터 학자는 이것이 꼭 좋은 일만은 아니라고 입을 모으고 있습니다.

오열은 TV의 내용이 마치 남의 이야기처럼, 자신과 상관없는 것처럼 들렸다.

그는 TV를 끄고 자리에서 일어나 침대로 향했다.

오늘따라 무척이나 나른하고 피곤했다.

3장

전쟁

　아만다는 가슴이 걷잡을 수 없을 정도로 뛰었다.

　남들이 보았다면 바보라고 말할 만큼 어리석은 짓을 조금 전에 저질렀다.

　어린 여자가 그것도 성인이 된 지 불과 며칠도 지나지 않아 남자를 유혹한 것이다.

　하지만 다정한 눈빛과 늘 당당한 오열의 모습을 보면 저절로 마음이 바빠져 서두를 수밖에 없었다.

　게다가 오열의 성격이 얼마나 독특한지 그와 결혼하면 평생 재미가 있을 것 같았다.

사실 아만다는 의외로 4차원적인 면이 많았다. 그렇지 않았다면 오열에게 애초에 반하지도 않았으리라.

'호호, 이제 오빠는 내 꺼야. 아무한테도 안 줘. 절대 뺏기지 않을 거야.'

아무도 탐하는 이가 없는데 아만다는 오열을 마치 값비싼 보석처럼 소중하게 생각했다.

아까 자신이 마음을 표현했을 때 거절당하면 어쩌나 하고 심장이 터질 것같이 두근거렸었다.

그리고 오열의 마음을 확인한 이 순간에도 여전히 심장이 미친 듯이 뛰고 있었다.

이 두근거림은 이전과는 사뭇 다른 것이었다.

거기에는 희망이 담긴 말할 수 없이 따뜻함이 내포된 떨림이었다.

머릿속에서 마치 다이너마이트가 터진 듯 커다란 울림이 계속되고 있었다.

세상이 달라보였다.

점점 어두워지는 하늘이 오색 무지개나 오로라가 핀 듯 황홀하기만 했다.

그녀는 남녀가 키스를 하는 것이 그렇게 격정적이고 강렬한 쾌락을 줄 것이라고는 예상도 못했다.

마치 불꽃에 타버리는 솜 같았다.

조금만 더 있었다면 온몸뿐만 아니라 영혼마저 타버렸을 것이다.

"휴우, 하아~"

아만다는 연신 손으로 부채질을 했다.

오열이 자신의 가슴을 헤집었던 것을 기억하니 저절로 얼굴이 붉어진다.

온몸이 뜨거워진다.

"랄라라라. 이제 오빠의 목에 밧줄을 매달아서 내게 못 벗어나게 해야지. 히힛."

아만다는 이런 생각을 하자 입가에 저절로 미소가 감돌았다.

정말 그렇게 하겠다는 것은 물론 아니다.

얼마나 사랑하고 소중한 사람인데 그러겠는가. 그녀에게 그는 목숨보다 소중한 사람이다.

사랑이 열병처럼 번져 눈을 가리고 이성을 마비시켰다.

하지만 아만다는 행복했다.

밤을 지새우며 오열과 함께하는 행복한 생활을 꿈꿨다.

별이 투명하게 빛나고 달은 태양처럼 환하게 비치는 밤, 아만다는 잠을 자지 못하고 뜬 눈으로 밤을 보냈다.

새벽 늦게까지 그녀가 침대에서 뒤척이다가 잠들었을 때에는 입가에 미소가 가득하였다.

오열은 아침이 되자마자 아바타에 접속을 했다.

그리고 며칠 동안을 연금술을 배우며 간간히 아만다와 데이트를 했다.

아만다는 오열의 마음을 확인해서인지 이제는 더 이상 채근하지 않았다.

하지만 너무나 부드러운 눈빛과 다정하게 하는 말은 오열의 마음을 사정없이 흔들었다.

단 한 번 있었던 애정 표현으로 여자가 이렇게 변한다는 것이 믿기지 않을 정도로 아만다는 사랑스러웠다.

드디어 땅파기가 끝나 그동안 고용했던 용병들을 해고했다.

대신 일주일치 일당을 더 지불하자 용병들이 신 나 돌아갔다.

돌아가면서 다시 한 번 비밀엄수를 명령했다.

후한 일당에 보너스까지 받은 그들은 걱정하지 말라며 갔다.

말을 한다고 하더라도 땅만 팠으니 말할 내용도 없었다.

하지만 오열이 입단속을 단단히 시킨 것은 땅속에 묻힌 마나석의 매장량이 어마어마했기 때문이다.

'후후후, 이렇게 어마어마한 양일 줄은 나도 처음에는 몰

랐지. 역시 운이 좋은 놈은 넘어져도 돈다발을 줍는다니까.'

연금술사가 이렇게 돈을 잘 벌 줄을 미처 몰랐다.

망캐 중의 망캐인 연금술사가 알고 보니 대박 캐릭터였던 것이다.

땅굴을 파는 것이 쉽지 않은 작업이었지만 이번에는 여러 명이 함께 작업을 하다 보니 이전보다는 시간도 단축되고 힘들지도 않았다.

'흐음, 이거 땅을 팔 때 토하지만 않는다면 짭짤하겠는데.'

광물을 채굴하는 데 연금술사 외에는 이렇다 할 캐릭터가 없다.

지구에서 광부로 각성한 메탈사이퍼에 대한 이야기를 듣지 못했고 그런 캐릭터가 있다 하더라도 지구에서는 의미가 별로 없다.

첨단 장비로 무인 시추를 하거나 채굴하는 것이 가능한데 초능력자 광부가 왜 필요하겠는가?

오열은 회심의 미소를 지었다.

그리고 아직 동굴 밖에 남아 있는 제프와 조이, 알렉스를 불렀다.

"너희들 돈벌레 할래? 아니면 나에게 죽을래?"

"헉!"

오열의 갑작스러운 협박에 용병들이 깜짝 놀랐다.

그들은 오열을 곁에서 겪어봤기에 얼마나 무서운 사람인지 잘 알고 있었다.

사람을 죽이는데 한 치의 망설임조차 없었던 그였다.

아니다 싶으면 먼저 죽이고 봤다. 더구나 상대는 소드마스터가 아닌가.

"당연히 돈을 벌겠습니다."

"살고 싶습니다."

"절대로 살고 싶습니다."

오열은 용병들의 말이 마음에 들었는지 회심의 미소를 지었다.

이렇게 대답할 줄 알았다.

"안에는 제법 많은 마나석을 얻을 수 있을 것이다. 너희는 이제 한 명은 경계를 서고 둘은 나와 함께 마나석을 채굴할 것이다. 그러니 이제부터 정신을 차리도록."

"헉! 마나석이었습니까?"

"우와, 마나석이었다니."

마나석은 마법사의 돌로 알려진 것으로 온갖 곳에 사용되어진다.

특히나 마법의 전도율이 좋아 마법사들이 좋아하는 광물 가운데 하나였다.

마나석은 함뮤트 대륙에서 채취량이 많지 않아 굉장히 비쌌다.

오열은 일주일 동안 마나석을 채취하고 돌아오는데 슘마의 분위기가 이상했다.

'뭐지?'

용병들도 이상한 눈치를 챘는지 긴장하기 시작했다.

도시로 들어오는데 늘어난 군사들과 삼엄한 분위기가 무슨 일이 벌어진 것 같았다.

제프가 재빠르게 주변의 상인에게 다가가 물었다. 원래 상인이 정보에 빠른 법이기 때문이었다.

"무슨 일이 일어난 것입니까?"

제프가 사과를 하나 베어 먹으며 값을 후하게 지불했다.

그러자 남자가 작은 소리로 대답했다.

"전쟁이 날 모양이라오. 쉬쉬하는데 용병들이 대단위로 모집되었고 몬스터를 토벌하러 갔던 기사들과 병사들도 모두 돌아왔다고 합니다."

"바티안 왕국 놈들이겠죠?"

"네, 그렇지요."

슘마와 국경을 맞댄 국가는 바티안 왕국밖에 없다.

나머지 나라들은 테르반 산맥으로 가로막혀 있어서 올 수가 없다.

거대한 산맥을 넘는 것도 힘들고 중간에 몬스터가 있어 군사를 움직이기가 여의치가 않은 것이다.

제프가 돌아와 오열에게 들은 것을 사실대로 말했다.

오열은 그 말을 듣자 재빨리 머리를 굴렸다.

전쟁에 참여하고 싶지는 않았다.

모르는 사람들을 위해 싸우는 것은 그의 성미에 맞지 않다.

그렇다고 영웅놀이에 관심이 있는 것도 아니었고.

오열과 용병들이 집으로 돌아오자 아만다가 오열을 보고 달려와 안겼다.

주위에 사람들의 눈은 조금도 의식하지 않은 채 가볍게 키스까지 했다.

그 모습을 보고는 브로도스가 고개를 돌렸다.

"왜 이제 왔어요?"

"생각보다 작업량이 많았어. 중간에 올 수 없잖아. 누가 훔쳐갈 수도 있고 해서."

오열은 아직도 자신의 품에 매달려 두 손으로 목을 감싼 아만다를 내려다보았다.

그 역시 다른 사람의 눈치를 볼 성격이 아니라 한동안 그렇게 있자 참다못한 브로도스가 헛기침을 했다.

그는 오열에게 욕을 하려다가 그 대상에 자신의 손녀도 포함된 사실을 깨닫고는 말을 돌렸다.

"허엄, 일은 모두 마쳤는가?"

"네, 제법 많은 마나석을 얻었습니다."

"그런데 너무 늦게 왔네."

"전쟁 말입니까?"

"그러네. 바티안이 기습적으로 침략을 해온 것도 있고 나탈리우스 백작이 철저하게 소문을 통제하는 바람에 미리 도시를 벗어난 사람이 거의 없었네."

"......?"

"백작이 그렇게 한 것은 유사시에 성 안에 있는 백성들은 언제든지 군사로 변할 수 있기 때문이지."

브로도스의 말에 오열이 고개를 끄덕였다.

자신이라도 그렇게 했을 것이다.

더구나 이곳은 아직 봉건제도가 유지되고 있는 사회였다.

"방법이 없는 것입니까?"

"그게 쉽지가 않네. 우선 우리의 연구가 아직 끝나지 않은 것도 있지만 마차를 가지고 이 성을 빠져나갈 수 없네. 백작의 포고령이 이미 내려진 뒤라. 마차를 버리고 떠난다면 나도 나지만 자네의 애인인 아만다가 문제지."

오열은 브로도스의 말에 동의를 했다.

전쟁이 났다면 이 도시를 벗어나기가 쉽지 않을 것이다.

이곳은 다른 도시와 많이 달랐다.

군사 거점 도시라 백작의 영향력이 굉장히 강했다.

모든 도시의 영주들은 자신의 영지에서 왕과 같은 존재이 겠지만 이 슘마만큼은 진짜 왕보다 더 강한 권력을 가진 존재 였다.

그렇지 않다면 국경과 몬스터를 동시에 상대해야 하는 슘 마는 이미 예전에 어디로든 넘어갔을 것이다.

"뭐예요?"

아만다가 차를 내어오며 나누는 이야기가 궁금한지 물었 다.

브로도스나 오열이 모두 빙그레 웃기만 했다.

"치이."

아만다도 오열과 브로도스가 그러는 것이 당연한 듯 입술 만 앞으로 내밀고 가만히 자리에 앉았다.

그녀 자신도 이 일에 도움이 되지 못한다는 사실을 알고 있 기 때문이다.

"아마도 전쟁이 일어난다면 전면전이 될 확률이 높습니다. 2년 전에 바티안의 왕 크세노프 3세가 오스만의 루이스 2세 에게 모욕을 당한 일이 발생했다고 알려졌습니다. 무슨 일이 문제가 되는지 알려지지 않았지만 아마도 자존심 싸움 비슷 한 것이었나 봅니다."

오열은 조이의 말에 고개를 끄덕였다.

항상 사소한 것이 문제를 일으키고 일은 순식간에 통제를 할 수 없을 정도로 커져 버린다.

로두로스 제국의 비탈리 황제의 초대를 받아 갔다가 벌어진 사건이었다.

"가능하면 이곳을 벗어나는 것이 좋을 것 같습니다."

"그렇긴 하지."

오열은 고개를 끄덕였다.

용병들의 말이 맞았다.

군인도 아닌 자신이 이곳에 남아 있어봐야 좋은 꼴을 보기 힘들다.

그리고 자신은 아바타가 아닌가.

문제는 아만다였다.

연금술 재료를 다 버리고 간다고 하더라도 연약한 여자인 그녀가 험한 테르반 산맥을 넘을 수 없다는 점이다.

게다가 오열은 아바타라 접속 시간의 제한을 받고 있는 상태다.

운신의 폭이 그렇게 넓지 못한 상태다.

'쉽지 않군.'

오열은 아무도 모르게 나직하게 한숨을 내쉬었다. 이런 일이 벌어질 줄 전혀 예상하지 못했다.

오열은 숨마의 상황이 하루가 다르게 변하고 있는 것을 피부로 느꼈다.

병사들의 눈빛과 주민들의 표정에서 전쟁의 긴박감이 배어 나왔다.

도시 자체가 바짝 긴장을 하고 있었다.

누군가 건들면 툭하고 터져 나올 것 같은 숨 막히는 위태로움이 도시 그 어디를 가나 있었다.

바티안군들이 이미 성을 포위했다는 소문이 돌았다.

비록 슘마가 거대한 성을 끼고 있지만 전쟁을 수행하기에는 여러 모로 부족한 점이 많았다.

인구가 60만이나 되는 거대 도시이지만 외지인이 많았다.

용병들과 상인, 그리고 숙박업에 종사자들을 함부로 병사로 징집할 수는 없는 법이다.

굶어 죽어도 종자는 먹지 않는다는 말이 있듯이 함부로 했다가는 전쟁이 끝난 다음에 도시가 황폐화될 수 있기 때문이다.

나탈리우스 백작은 암담했다.

바티안의 군대의 수는 무려 30만이나 되었다.

완전하게 전면전을 선포한 것이나 마찬가지였다.

슘마가 인구 60만 인구라 하지만 영지병을 포함하여 병사는 2만이 되지 않는다.

농노와 영지민들을 징병해도 하루아침에 노련한 병사가

되는 것은 아니다.

강력한 성을 토대로 수성전을 한다고 하더라도 별로 희망
이 보이지 않았다.

"로도루스 제국의 야비한 비탈리 황제의 장단에 놀아나는
꼴이란."

그는 일어나 테라스로 갔다.

그의 집무실 자체가 언덕에 위치해 있기에 도시가 한눈에
들어왔다.

깊고 음울한 갈색의 눈은 고집스럽게 보였다.

각진 턱이 그가 어떠한 상황에서도 굴하지 않을 것이라는
사실을 보여준다.

나탈리우스 백작은 오스만 왕국의 전형적인 무장이다.

뛰어난 검술 실력은 물론 뼈까지 군인인 사람이다.

그래서 그는 이 슘마를 군사 도시로 만드는 데 자신의 모든
역량을 동원했다.

슘마에서 나오는 몬스터 부산물과 광물들로 재원을 마련
하여 성벽을 쌓았다.

크고도 강력한 성이었다.

나이 61에 접어든 그는 노회한 얼굴로 자신이 만든 도시를
내려다보았다.

이 도시를 만들기 위해 얼마나 노력을 하였던가.

몬스터와 적국으로부터 영지민들을 안전을 지킬 수 있는 도시를 만들기 위해 가문 대대로 내려온 유산을 대부분 소비했다.

그가 도시를 바라보며 감회에 사로잡혀 있을 때 노크 소리가 들려왔다.

"들어오게."

문을 열고 들어온 자는 나만 남작이었다. 그의 수행비서이자 전술의 대가이기도 했다.

"영주님, 바티안군들이 20㎞ 앞까지 왔습니다. 조만간 전투가 벌어질 것입니다."

"나만, 우리가 과연 잘하고 있는 것일까?"

"영주님, 선택의 여지가 없는 싸움입니다."

"하지만 우리는 전쟁에 관한 정보를 차단하고 주민들이나 용병들이 피난갈 수 있는 선택마저 막아버렸네."

"그것은 어쩔 수 없는 일입니다. 슘마가 인구 60만의 도시이기는 하지만 성인은 42만밖에 되지 않습니다. 그중에서 전쟁에 나갈 수 있는 남자들을 분류하면 그 숫자는 반으로 줄어듭니다. 더구나 이곳 슘마는 농노의 수도 다른 영지에 비해 터무니없을 정도로 적습니다."

"그렇긴 하지. 나만, 이제부터 싸움이 시작될 거야. 싸움이 시작되면 결코 중간에서 멈출 수 없겠지. 하지만 우리가 시작한 싸움이 아니니 우리가 멈출 수도 없다는 점이라네."

"안타까운 일입니다."

나만이 물러가자 나탈리우스는 의자에 깊숙이 앉아 눈을 감았다.

도시는 더욱 깊은 침묵 속으로 빠져들고 있었다.

*   *   *

바티안군은 천천히 진격했다.

거대한 성벽을 마주한 그들은 만만찮은 적들의 기세를 느꼈다.

아도니안 후작은 견고한 성벽을 보고 소문이 사실이라는 것을 알았다.

첩보에 의하면 숨마의 군사는 불과 2만에 불과했다.

하지만 결코 쉽게 무너질 성이 아니었다.

이 전투를 위해 바티안에서부터 투석기와 충차가 대대적으로 만들어졌다.

30만의 군대라 숨마를 함락하는 것은 어렵지 않으나 시간을 끌어서는 곤란했다.

후방에서 오스만군의 지원군이 오기 전에 숨마를 함락시켜야 했다.

30만의 군사 중에 무려 10만이 슘마를 후방지역으로 돌아서 이동했다.

지원군을 차단하기 위한 조치였다.

"어떻게 되었나?"

아도니안 후작은 작전참모인 베게라에게 물었다.

베게라가 곤혹스러운 표정으로 대답했다.

"아군의 특수부대가 성내로의 침투에 성공했지만 워낙 경계가 삼엄하여 공작이 어렵다고 합니다. 아무래도 이쪽에서 흔들어줘야 될 것 같습니다. 최악의 경우는 그들의 존재 자체를 무시하고 전쟁을 해야 할 것 같습니다."

아도니안 후작은 전쟁을 시작하기 3개월 전에 상인과 용병들로 위장한 스파이를 슘마에 침투시켰다.

하지만 슘마의 경계가 생각보다 삼엄한지 제대로 된 활약을 아직까지 못하고 있었다.

"나만이라는 자의 암살은 어떻게 되었나?"

"실패했습니다. 그는 소문보다 뛰어난 마법사로 드러났습니다."

"그래? 그렇게 중요한 정보를 어떻게 내가 모를 수가 있었나?"

"나만은 오스만 왕국에서 아카데미를 다니지 않았습니다. 그래서 정보가 없습니다. 최근에 알아본 바에 의하면 어려서 나탈리우스 가문에서 거둔 것으로 알려져 있습니다. 사실 전쟁이 일어나기 전에는 관심도 없는 자였습니다."

아도니안은 전쟁이 쉽지만 않을 것이라는 느낌을 받았다.

첫 작전부터 삐걱거리기 시작한 것이다.

상대는 오스만 왕국의 전형적인 무인 나탈리우스 백작이었다.

*　　　*　　　*

오열은 어떻게 해야 할지 감을 잡지 못하고 있었다.

이 세계에서 처음 맞이하는 전쟁이라 뭐가 뭔지 알 수가 없었다.

문제는 이미 뭔가 벌어지고 있다는 점이었다.

'아, 아만다만 없었다면 아무런 문제도 없었을 텐데.'

막말로 전쟁이 벌어지는 동안 안전한 곳에서 접속을 종료하고 전쟁이 끝날 때까지 기다리면 되었다.

하지만 아만다는 그렇지 않았다.

그녀는 이곳의 사람이다.

사랑이 자신의 발목을 붙잡을 줄을 몰랐던 오열은 피식 웃었다.

이제 아바타가 현실보다 더 중요하게 인식되었다.

비록 다른 행성에 있는 여자를 아바타로 만나는 것이지만 첫사랑처럼 설레었다.

그를 차버리고 간 첫사랑의 여자는 얼굴만 예쁜 속물이었다.

하지만 아만다는 온몸을 다해 사랑하고 있었다. 그것은 보지 않아도 알았다.

'최선을 다해 그녀를 보호하는 수밖에 없지. 그놈의 사랑이 뭔지.'

오열은 문득 사랑에는 항상 대가가 따른다는 것을 깨달았다.

자유와 사랑, 평화와 같은 것은 콧대 높은 여자처럼 변덕을 부리며 시샘을 하는 경향이 있다. 그럴 때면 정말 많은 일이 일어나곤 했다.

지구에서는 벌써 300년 동안 단 한 번의 전쟁도 일어나지 않았다.

전쟁의 무서움을 경험했던 각국은 불필요한 충돌을 피하고 외교적으로 문제를 풀었다.

힘을 가진 자도 힘이 없는 자도 상대편의 턱에 카운터펀치를 언제든지 먹일 수 있는 능력은 있으니 말이다.

그렇지 않다고 하더라도 전쟁 자체가 무의미했다.

미사일 몇 발이면 끝나버리기에 전쟁이라는 말 자체가 무의미 했다.

드디어 적병들이 육안으로 보이는 곳에 나타났다.

용병들은 강제로 징집되었고 농노와 영지민들도 예외가 없었다.

세 명의 용병과 오열은 뇌물을 써서 징집에서 벗어났다.

뇌물로 포션 다섯 병이 들어갔다.

오열은 슘마에서 시간을 보내며 그동안 배운 연금술을 정리했다.

꼭 필요한 재료들은 따로 묶어놓아 언제든지 마법 배낭에 넣을 수 있게 해놓고 육포와 같은 비상식량도 준비했다.

아만다는 전쟁이 벌어진 것에 겁을 집어먹었지만 일상이 별로 달라지지 않자 점차 안정을 찾아갔다.

"오빠!"

오열이 소파에 앉아 있자 다가와 품안으로 쏙 들어왔다.

그날 한 번 스킨십을 한 후로 아만다는 오열을 대하는 데 스스럼이 없어졌다.

오열도 연애는 처음이라 그런 그녀가 마냥 사랑스럽기만 했다.

여자 경험이 적지는 않지만 그것은 대부분 원나잇에 불과했다.

동물처럼 욕망에 몸을 섞고는 서로 뒤도 돌아보지도 않고 헤어지곤 했다.

하지만 지금은 섹스를 하지 않아도 그보다 더 큰 정신적 만족이 있었다.

오열은 요즘 정말 행복했다.

공성전으로 들어선 전쟁은 치열한 전투에도 불구하고 승패가 결정나지 않았다.

성벽이 워낙 견고했기 때문이다.

하루에도 수십 발의 바위가 성벽을 강타했다.

잘못 떨어진 바위들이 성벽을 넘어와 밭에 떨어지는 경우도 종종 있었다.

오늘도 일행은 거실에서 모여 전쟁에 대한 소식을 듣고 의논을 나누기 바빴다.

"전쟁은 어떻게 돌아가고 있나?"

"전쟁이 불리하게 돌아가는 모양입니다. 조만간 북쪽 성벽이 무너질 것이라는 소문이 있습니다."

"그래?"

오열은 제프의 말에 놀라 눈을 부릅떴다.

성벽이 무너지면 전쟁은 끝난 것이나 마찬가지였다.

성벽이 높아 사다리로 넘어오는 작전은 애초에 시도조차 하지 못한 바티안 병사들이었다.

그런데 전쟁이 벌어진지 불과 3주 만에 성벽이 무너진다니.

오열은 이해가 되지 않았다.

그가 이 슘마에 도착했을 때 거대한 성벽에 압도를 당했었다.

그토록 견고해 보이던 성벽이 이렇게 쉽게 무너지는 것이 이해가 되지 않았다.

"어떻게 이렇게 빨리 성벽이 무너진다는 말인가?"

"아마도 적군에 강력한 마법사가 있는 모양입니다."

"그래?"

"예, 성벽에 아이스스톰과 파이어볼을 쏟아부은 다음 공성기로 공격을 하는 모양입니다. 아군이 작전을 세우려고 해도 워낙 병력의 차이가 심해 할 수도 없는가 봅니다."

"그 정도야?"

"성을 포위한 적군의 수가 무려 20만이라고 합니다. 게다가 적군은 무리한 공격을 퍼붓지 않고 야금야금 아군의 사기를 떨어뜨리는 공격을 하고 있습니다. 또 이상한 소문이 시중에 돌고 있습니다."

"스파이가 침투했군."

"아, 그런가요?"

"당연하지. 우리는 전쟁이 발생할 낌새도 전혀 눈치채지 못했었는데 소문이 돌 정도면 확실해. 이곳의 영주는 생각보다 유능하거든."

오열의 말에 용병들이 고개를 끄덕였다.

"우리들도 곧 이곳을 떠날 준비를 해야 하지 않겠습니까?"

"그래야겠지."

오열이 고개를 주억거렸다.

전쟁이 일어나면 약탈과 방화는 기본이다.

여자들은 생각만 해도 끔찍한 일을 당하는 것은 다반사였다.

아만다 같이 아름다운 여자는 눈에 띄는 즉시 몹쓸 짓을 당할 것이다.

"하지만 이렇게 쉽게 적들이 이기면 우리가 탈출하기가 어려워지지. 우리가 도망을 가더라도 단단히 맛을 보여주고 가야지."

"어떻게요?"

"연금술의 위력을 보여주면 돼. 마법사라고? 마법사보다 더 위대한 연금술을 보게 될 거야."

오열의 말에 브로도스가 오랜만에 활짝 웃었다.

그러고 보니 오열이 유독 화약과 마취제에 심취해서 연구를 한 것이 기억난 것이다.

게다가 오열에게는 많은 마나석과 에너지스톤이 있다.

이 둘을 잘 조합하면 엄청난 위력을 발휘하는 무기를 만들 수 있다.

그날로 오열은 실험실에 들어가 화약을 제조하기 시작했다.

그리고 그동안 만들어놓은 화살촉을 열고 그것들을 담기 시작했다.

'후후, 멋지군.'

카오스에너지가 담긴 통에 마나석과 에너지스톤을 넣었다.

마나석은 마법뿐만 아니라 에너지 전도에도 탁월한 효과가 있다.

게다가 에너지스톤은 증폭의 기능을 한다.

오열이 가진 에너지스톤의 용량은 엄청났다.

몬스터들이 드글거리는 아마스트라스 숲에서 채굴한 것이라 최상급이었다.

오열은 아만다를 지키기 위해서라면 이곳의 인구 수십만 명을 죽인다 하더라도 양심의 가책을 받지 않겠다고 결심했다.

원래 화약이라는 것이 대량살상무기다.

마법사도 자신의 재능을 전쟁을 위해 사용하지 않는가

이곳 슘마가 함락되면 죄 없는 수많은 사람이 죽어갈 것이다.

깊고 푸른 갈색의 외투를 입은 나탈리우스 백작이 피곤한 눈으로 소파에 앉아 있었다.

전쟁이 벌어진 지 4주.

적은 생각보다 강했다.

투석기를 이용한 바티안군은 이제는 충차(衝車)와 화차(火車)까지 동원하고 있었다.

'젠장할 놈들. 황제의 꼬임에 넘어간 주제에 자존심 때문에 전쟁을 일으키다니. 이곳의 아무 죄 없는 60만의 백성의 생명의 무게가 그 멍청한 왕의 알량한 자존심보다 못하단 말이냐.'

그는 화가 난 듯 주먹을 불끈 쥐고 부들부들 떨었다.

무엇인가 부수고 싶었지만 그 에너지는 오직 적에게 쏟아야 했다.

"두고 보자, 절대로 네놈들 뜻대로 되지 않을 것이다."

그때 노크 소리가 들려왔다.

비서 나만 남작이 들어왔다.

"영주님, 연금술사라는 자가 찾아와서 영주님을 뵙겠다고 합니다."

"연금술사? 무슨 일인가?"

나탈리우스는 의아했다.

하지만 물리치기도 찝찝했다.

연금술사라는 대목에서 뭔가 알 수 없는 위화감이 들었기 때문이다.

마법사도 아니고 연금술사라니.

일반적으로 연금술사는 이런 전쟁에 그다지 도움이 되는 존재는 아니었다.

하지만 연금술사 중에 비상한 능력을 가진 천재들이 간혹 있었다.

"들어오라고 하게."

백작의 허락에 대기를 하고 있던 오열이 방으로 들어왔다.

"존귀하신 백작님. 연금술사 이오열이라고 합니다."

"이오열?"

이름이 이상했지만 백작은 그게 문제가 아니었다.

연금술사라는 자가 희한한 금속 갑옷을 입었을 뿐만 아니라 검까지 찼다. 게다가 외모가 오스만 왕국의 사람들과 달랐다.

"하하, 이름이 좀 이상합니다. 저는 백작님에게 몇 가지 선물을 드리려고 왔습니다. 적병 20만 명을 죽일 수는 없겠지만 2만은 족히 죽일 수 있는 무기지요."

나탈리우스 백작은 한편으로는 놀라면서도 어이가 없었다.

2만 명을 죽일 수 있는 무기라니.

오열은 화살을 하나 내놓았다.

"그게 뭔가?"

"폭약이 든 화살입니다."

"폭약?"

"연금술로 만든 것으로 화살을 쏘면 폭발합니다. 시범을 보이겠습니다."

오열은 자리에서 일어나 화살을 하나를 꺼내 백작에게 주었다.

"제가 해도 되겠지만 아무래도 백작님이 직접 해보십시오. 그냥 멀리 쏘시면 됩니다."

나탈리우스 백작은 시종에게 활을 가져오게 해서 창밖으로 활을 쏘았다.

활이 창밖으로 날아갔다.

백작의 활 솜씨는 상당히 좋은 편이었다.

화살이 빛살처럼 날아갔다. 화살이 나무를 정확히 맞혔다.

그러자 '펑!' 하는 소리와 함께 아름드리나무 하나가 화살에 부서져 쓰러지기 시작했다.

"굉장한 위력이 담긴 화력이기는 하네. 하지만 이것으로 어떻게 2만 명이나 죽일 수 있다는 말인가?"

"하하, 그것은 일부로 화력을 약하게 만든 것입니다. 다른 것들은 위력이 최소 10배나 합니다."

"최소 10배?"

"그렇습니다."

나탈리우스는 오열의 말에 손뼉을 치고 기뻐했다.

정말 오랜만에 들어보는 기쁜 소식이었다.

지금 쏜 화살의 10배라면 마법사의 파이어볼보다 훨씬 위력이 좋다.

"이것을 내게 주는 이유는 뭔가?"

"뇌물입니다."

"뇌물?"

"저와 제 일행은 전쟁을 원하지 않습니다. 이곳을 떠나기를 원합니다."

"성을 나갈 수 있는 허가증과 교환이라?"

"그렇습니다."

"자네가 이곳에서 우리를 위해 싸워주면 좋겠네."

"제가 그래야 할 이유가 없습니다. 전 오스만 왕국의 백성이 아닙니다. 다만 연금술사라 몬스터의 부산물로 연구하기 위해 이곳에 있었을 뿐입니다."

"화살의 양은 어떤가?"

"원하는 만큼은 아니지만 꽤 전쟁에 도움이 될 것입니다."

"하하, 좋네. 자네를 억류시키고 싶지만 그건 도의적으로 할 수 없군. 이래 죽으나 저래 죽으나 죽긴 마찬가지이지만 전쟁에 미친놈들에게 한 방 먹여줄 수 있다면 그것도 괜찮겠지."

"수성을 위주로 버티면 지원군이 오지 않겠습니까?"

오열의 말에 나탈리우스 백작이 피식 웃었다.

"우리가 그럴 가능성이 있다면 자네가 떠날 생각을 하지 않았겠지. 바티안 왕국은 군사 강국이네. 그런 그들이 20만의 군사를 동원하여 성 하나 함락시키지 못한다면 웃음거리가 될 것이네. 그리고 적의 총사령관 아도니안 후작은 바티안 왕국의 최고의 명장일세. 지금까지 버틴 것도 강한 성벽 덕이었지. 게다가 아도니안이 군사를 아끼려고 무리한 공격을 하지 않은 탓도 있겠고. 하지만 아도니안은 바보가 아니네. 지원군이 도착하기 전에 이곳은 초토화될 것이네."

나탈리우스 백작은 자신의 치부를 그대로 드러내며 이야기를 했다.

그는 돌려서 말하는 법을 모른다.

그리고 이미 전세가 불리해서 떠날 마음을 굳힌 자를 상대로 허세를 부리고 싶지도 않았다.

"가능한 많이 만들어주게. 대가를 지불하겠네."

오열은 백작을 새삼스러운 눈으로 바라보았다.

그는 단 한 번도 영주를 만나본 적은 없지만 듣던 것과는 너무 달랐다.

다소 경직된 사고들이 이야기하는 종종 나타나기는 했지만 봉건제의 평범한 영주 같지가 않았다.

영지민들을 아끼는 마음이 이야기 도중에 간간히 드러난 것이다.

"화살 30발을 먼저 드리겠습니다. 그리고 이 화살을 만드는 데에는 마나석과 에너지스톤이 들어갔습니다."

오열의 말에 백작이 '끙!' 하는 소리를 냈다.

재료가 비쌀 것이라고는 예상을 했지만 이 정도일 줄은 몰랐다.

사실 오열이 백작에게 이런 호의를 베푸는 것은 성 밖을 나갈 수 있는 허가증 때문이 아니었다.

오열이 성을 벗어났을 때 너무 많은 적이 자신의 뒤를 추적을 하면 귀찮을 것 같아서였다.

게다가 자신은 아바타라 직접 바티안군을 죽이면 재제를 받을 수도 있었다.

차도살인.

잠시 망설인 백작이 나만을 통해 보석으로 대가를 지불했다.

4서클의 마법사 나만은 오열이 선물한 화살을 마법 스캔을 통해 막대한 에너지가 뭉쳐 있는 것을 알고는 오열의 말이 사실이라는 것을 확인했다.

오열은 연금술로 만든 화살을 만들어주고 마차 한 대와 말 4마리까지 받았다.

이때까지만 해도 오열은 자신이 쉽게 이 숨마를 벗어날 것이라고 생각했다.

4장

탈출

"나만 남작, 활을 잘 쏘는 뛰어난 궁사들이 필요하네."

"알겠습니다. 알아보겠습니다."

나만은 나탈리우스가 무엇을 원하는지 금방 알아차렸다.

그는 오열이 만들어준 폭약이 장착된 화살을 바로 사용할 생각이었다.

나탈리우스 백작은 오열에게 화력이 약한 많은 화살을 요구했다.

그리고 대장장이로 하여금 별도의 화살촉을 만들게 했다.

오열은 나탈리우스 백작의 요구대로 화살을 만들었다.

사실 백작이 요구한 것이 더 쉬웠다.

아무래도 성능이 낮은 화살을 만드는 것이 쉬웠던 것이다.

그만큼 집중을 하지 않아도 되었기 때문이다.

숨마군의 지휘관들은 나탈리우스 백작의 말을 기다리고 있었다.

위기에 처한 오스만군은 무엇인가 탈출구가 필요했다.

"우리에게 새로운 형태의 별동대가 필요하오."

"기습을 하실 것입니까?"

"그렇소."

"하지만 적이 너무 많습니다."

"그게 저들의 아킬레스건이기도 하오. 사람이 많으면 대단위의 식량과 물자가 필요하고. 이곳이 비록 국경지대이기는 하지만 바티안에서 보면 꽤 거리가 되오. 중간에 메머드 습지가 있지 않은가. 이 말은 병참보급이 늘어서기 시작한다는 말과 같소. 군사강대국인 바티안이 그동안 전쟁을 일으키지 못한 것도 이 보급 물자를 어떻게 조달하는가 하는 문제를 해결하지 못하였기 때문이지."

지휘관들은 나만을 일제히 바라보았다.

이 계획 역시 천재 전략가인 그의 작품일 것이다.

하지만 전력 차이가 워낙 심각하게 나다 보니 작전의 의미가 없었다.

나탈리우스 백작의 옆에 앉아 있던 나만이 자리에서 일어나 백작에게 잠시 고개를 숙이고 지도를 보이며 설명하기 시작했다.

바티안 왕국와 오스만 왕국이 전쟁이 벌어졌지만 오열은 천하태평이었다.

그들의 전쟁이었지 자신의 전쟁이 아니었기 때문이다.

게다가 백작에게 통행증을 얻었기에 슘마를 떠나기만 하면 되었다.

일행은 마차를 타고 성문을 향해 나갔다.

성문을 지키고 있던 병사들이 백작의 허가증을 보며 문을 열어주었다.

이 길을 따라가면 테베 상업 도시와 수도 나하른에 도착한다.

하지만 가는 곳마다 이미 바티안군에 의해 마을이 파괴되었거나 점령을 당한 상태였다.

그리고 오스만 왕국의 지원군이 곧 도착한다는 소문이 들리기 시작했다.

"이제 전쟁이 본격적으로 시작되나 봐요."

아만다가 쓰러진 담과 불타버린 집을 보며 슬픈 어조로 말했다.

마차를 타고 가면서 보는 것이라 자세히 보이지는 않았지만 간간히 사람들의 시체도 보였다.

다다다다.

뒤에서 먼지를 일으키며 쫓아오는 백여 명의 기병이 보였다.

"멈춰라!"

"오열 님, 바티안의 기병대입니다."

오열이 고개를 내밀었다.

염려하던 일이 벌어진 것이다.

하지만 그렇다고 얌전하게 잡혀줄 생각은 없었다.

오열은 마차 위에 올라가 뒤를 바라보았다.

그는 바티안군이 저지른 만행들을 보았다.

불타버린 마을과 죽은 시체들.

군인도 아닌 민간인을 학살한 것은 용납하기 힘들었다.

'멈추라면 멈출 바보가 어디 있나?'

오열은 마차 위에서 오연히 서서 소리를 질렀다.

"무슨 이유로 우리를 추적하느냐? 우리는 민간인이다."

오열의 말에 제5기병대의 대장 심슨의 의심이 더 들었다.

민간인이라고 하면서 무장을 했다.

갑옷이 처음 보는 형태인데 무척이나 고급스럽게 보였다.

'귀족인가 보군.'

그는 부하들에게 명령을 내렸다.

"저자를 잡아라!"

그때부터 쫓고 쫓는 추격전이 진행되었다.

마차는 무겁고 기병대는 빨랐다.

오열은 어쩔 수 없이 스피드 건을 들고 맨 앞에 오는 놈들을 향해 쐈다.

화살이 날아가 기병대 앞에서 떨어졌다.

펑!

화살이 폭발하자 방경 3미터에 이르는 지역이 초토화되었다.

그 모습을 본 심슨이 소리를 질렀다.

"저들은 적의 특수부대가 분명하다. 반드시 잡아라."

"네!"

기병대가 산개하기 시작했다.

위력적인 무기에 맞서 싸우는 효율적인 전술이었다. 그러면서도 넓게 퍼져 포위하듯 달려왔다.

오열은 계속 화살을 날렸다.

화살이 날아가 터지면 여지없이 기병들이 낙엽처럼 쓰러지기 시작했다.

오열이 화살을 날렸음에도 불구하고 기병대는 끈질기게 추적을 했다.

마차라 대로만 달릴 수밖에 없었기에 기병대를 벗어날 수 없었다.

가까이 다가오는 적들을 향해 화살로 제지할 뿐이었다.

'흠, 이러다가는 절대 끝이 안 나겠는걸. 처음에 모조리 몰살을 시켰어야 했는데.'

오열은 잘못 걸린 것을 느꼈다.

하지만 지금은 전시.

적을 죽이지 않으면 내가 죽는다.

상대방을 논리적으로 설득하는 일 따위는 전시에는 불가능한 일이었다.

이성적인 판단을 내릴 사람들이면 전쟁을 일으키지도 않았을 것이다.

그리고 닥치는 대로 민간인을 그렇게 잔인하게 죽이지도 않았을 것이고.

바티안 기병대가 쏘는 화살이 날아왔다.

오열이 검을 뽑아 휘두르자 화살들이 우수수 검에 튕겨 날아갔다.

몇 번에 걸친 화살 공격에 마차를 끌던 말이 맞아 쓰러지자 마차가 결국 멈추게 되었다.

"젠장, 어쩔 수가 없구나."

오열은 모험을 하기로 했다.

그렇지 않다면 아만다가 위험해지기 때문이다.

자신은 아바타가 다시 파괴되어도 다신 만들면 된다. 하지만 아만다는 그렇지 않았다.

오열은 사방으로 활을 쏘아 적이 다가오지 못하게 만들고 검을 뽑았다.

남은 활과 화살을 용병 조이에게 주고 말했다.

"목숨을 다해 지켜라. 다가오는 적들은 무조건 죽이고 만약 전투 중에 헤어지게 되면 우리가 처음 만난 그곳에서 만나자고 전해줘라."

"알겠습니다."

용병들이 활을 꺼냈다.

용병들은 명궁은 아니지만 제각각 어느 정도 활은 쏠 수가 있다.

오열이 나눠준 화살을 나눠 받아 들고 활을 겨눴다.

오열은 검에 메탈에너지를 집어넣었다. 에너지소드가 붉게 변하게 시작했다.

"헉! 소드마스터다."

"피하라!"

오열이 부스터를 키고 적을 향해 달렸다.

몸이 가벼워진 오열은 뛰는 말보다 더 빨랐다.

그를 향해 간혹 날아드는 칼이 있었지만 메탈아머에 튕겨

나갔다. 무인지경.

'한 놈도 살려줘서는 안 돼. 만약 나에 대한 정보가 노출되면 더 많은 놈이 추적을 해올 것이야.'

오열은 뛰고 또 뛰었다.

검이 휘둘려지면 여지없이 적병이 죽어갔다.

일방적인 학살이었다.

오열의 신위가 놀라운 바가 없는 것은 아니었지만 적병들이 오열을 소드마스터로 착각해서 지레 저항을 포기한 탓도 있었다.

그리고 드래곤메탈아머의 방어력은 얼마나 놀라운가.

제프와 조이는 간간히 화살을 날려 마차로 접근하는 자들을 향해 쏘았다.

그러면 여지없이 말이 쓰러지고 기마병이 쓰러지거나 죽어갔다.

"오열 님은 사람이 아니야."

"맞아, 혹시 드래곤이 아닐까?"

근접 경호를 하는 알렉스를 제외한 제프와 조이는 고개를 설레설레 흔들며 광기에 미쳐 날뛰는 오열을 바라보았다.

산적들이 나타났을 때에도 오열이 저렇게 미쳐 있었다.

오열은 마지막 한 명이 도망가는 것을 뒤쫓아 가서 기어이 죽였다.

그리고 일일이 돌아다니며 살아남은 자들의 머리를 베었다.

98명의 적 기마병은 하나도 예외 없이 목을 잘려 죽었다.

'살인은 확실히.'

오열은 밀려드는 피로감에 시체 사이에 주저앉았다.

아무리 메탈아머와 에너지소드의 도움을 받았어도 지나치게 힘을 쓴 것은 사실이었다.

바티안 왕국의 악랄한 블랙타이거 소속 제5기병대가 이렇게 한 사람에 의해 전멸을 당하게 되었다.

비밀은 지켜졌지만 현장은 항상 증거를 남겨놓는다.

여기저기 폭발한 폭약의 흔적에 바티안 왕국군은 대대적인 게릴라전이 전개되고 있다고 착각하게 되었다.

왜냐하면 나탈리우스 백작이 보낸 별동대들도 같은 화살로 공격을 시작했기 때문이다.

오열은 평야에 널부러진 적병의 시체를 보며 한숨을 내쉬었다.

비릿하고 역겨운 피냄새가 바람을 타고 날아들었다.

이 대지에서는 삶과 죽음의 경계가 불과 몇 시간도 안 되어 결정되었다.

특히 화살에 의해 찢겨진 시체 조각들 사이에서 매캐한 화약 냄새와 합쳐진 피 냄새는 참기 힘들었다.

하지만 일어설 힘이 없었다.

오열은 시체들 사이에서 망연하게 앉아 있었다.

'휴우, PMC에서 가만히 있지 않겠군.'

PMC에서 분명 제재에 대한 말이 나올 것이 뻔했다.

제재를 받는 것은 어느 것보다 두려웠다.

특히 다시는 아바타를 접속하지 못하게 될까 봐 걱정이었다.

오열은 기운이 어느 정도 돌아오자 자리에서 일어나 천천히 걸어 마차 안으로 들어왔다.

그사이에 용병들이 주인이 없어진 전투마를 사로잡아 교체하였다.

그러자 마차의 속도가 이전보다 더 빨라졌다.

바티안 군부는 당혹스러웠다.

갑자기 숲마에서 별동대가 나타나 산발적으로 공격을 해왔는데 그게 굉장히 괴로웠다.

그들이 사용하는 무기 중에서 활을 통한 공격은 정말 무서웠다.

일제히 쏜 화살 중 한 두 개가 꼭 무서운 폭약으로 변하곤했다.

"아직도 저들이 사용하는 무기가 뭔지 모르겠소?"

"그게 아직까지 나오지 않은 무기라고 합니다. 후작 각하."

아도니안 후작은 나직하게 한숨을 쉬었다.

슘마를 함락시키는 것이 바로 눈앞인데 갑자기 복병이 나타난 것이다.

그들이 나타나 휩쓸고 지나가면 보급 부대가 무너지거나 중요한 전략 요충지가 타격을 받곤 한다.

벌써 이들의 공격으로 투석기가 부서진 것이 5기나 된다.

이제 남은 2기 만으로 슘마를 공략을 해야 한다.

게다가 최근에 블랙타이거 제5기병대의 몰살은 듣는 이로 하여금 섬뜩한 공포를 느끼게 해주었다.

대원들 전원이 목이 잘려 죽었다.

확인 사살이었다.

그런데 그 장소에 폭발 흔적이 남아 있어 오스만 왕국의 별동대라고 생각한 것이다.

그래서 대대적인 추격을 명령을 내렸다.

적어도 이와 같은 괴이한 별동대는 사전에 반드시 차단을 시켜야 한다.

군의 사기를 위해서는 반드시 그래야 했다.

아만다는 마차 안에서 눈을 둥글게 뜨고 오열을 바라보았다.

어렴풋하게 창문을 통해 보았지만 끔찍한 일이 밖에서 벌어졌었다.

피곤하여 죽은 듯이 눈을 감고 있는 오열을 보며 아만다는 미안했다.

그녀도 알고 있었다.

자신을 위해 싸우는 남자의 마음을.

그래서 악귀처럼 싸우는 그의 모습이 하나도 싫지 않았다.

그녀는 창을 통해 본 살벌한 광경에 딸꾹질이 멈추지 않았지만 그것이 신기하게도 오열이 마차 안으로 들어오면서 멎었다.

잠든 오열의 모습을 보는 아만다의 눈은 슬프면서도 다정했다.

전쟁은 가을이 끝나자마자 발발하였다.

그리고 전쟁 두 달 만에 마침내 숨마가 함락되었고 몇몇 도시가 바티안에게 빼앗겼지만 보급선이 늘어지면서 어려움을 느끼기 시작했다.

특히 첫 도시를 제외하고는 오스만 왕국의 병사들이 퇴각하면서 마을 자체를 소각했기에 그들은 추워지는 날씨에 두려움을 가지기 시작했다.

더욱이 바티안 병사들 사이에 나도는 괴이한 소문은 끔찍한 일이었다.

부딪히면 모두 목을 베어 죽이는 광기에 미친 별동대의 이야기는 바티안 병사들에게는 공포 그 자체였다.

바티안 군부가 이를 잡기위해 나섰으나 번번이 당하기만 했다.

그리고 첫 번째 전투를 제외하고는 접근하였다 하면 일단 화살 공격으로 어마어마한 폭발이 나서 반은 죽고 전투가 벌어지곤 했다.

오열은 죽이고 죽여도 끈질기게 따라붙는 바티안 병사들 때문에 잠도 제대로 자지 못하고 접속종료도 잘 못했다.

첫 번째 전투 이후로 화살에 한 개의 마나석과 에너지스톤을 집어넣자 엄청난 화력으로 나타났다.

에너지스톤이 가진 증폭효과는 엄청났다.

사실 화살 2—3발이면 어지간한 추적대는 바로 전멸을 당하곤 했다.

그러나 화살도 또 만들 재료도 무한정 있는 것이 아니었다.

눈보라가 무섭게 내리고 있었다.

출발할 때부터 충분한 준비를 하고 떠났지만 시간이 지날수록 상황은 점점 더 어려워지고 있었다.

마차가 흔적을 남겼기에 적들의 추적은 계속되었다.

그래도 멈출 수는 없었다. 목적도 없이 오직 생존을 위한 투쟁이 계속되었다.

"우리는 어디로 가고 있는 것일까요?"

"도무지 사람을 만날 수 없으니 알 수가 없습니다."

일행은 다 허물어져 가는 집에 모닥불을 피우며 이야기를 나눴다.

시뻘건 나무토막의 불길이 타오를수록 허물어져 가는 집 안의 온도는 따뜻해졌다.

아만다가 따뜻한 수프를 만들어주자 일행은 재빨리 먹었다.

따스한 수프 국물이 목구멍을 넘어가자 얼었던 몸이 풀렸는지 용병들도 밝은 얼굴을 했다.

오열은 자신의 실수를 인정했다.

뒤쫓는 놈들의 수를 줄이려고 나탈리우스 백작에게 연금술로 만든 화살을 줬다가 오히려 그것이 덫이 되어 이렇게 쫓기고 있었다.

바티안의 군대들은 오열에게 어떤 일이 있어도 복수를 다짐하며 쫓고 있었다.

오히려 그들은 겨울이라 더 좋아했다.

이렇게 눈이 오는 날에는 폭약이 잘 터지지 않았던 것이다.

문제는 급격하게 아만다와 브로도스가 지쳐가고 있었다.

워낙 준비를 잘하고 출발했기에 추위는 문제가 되지 못하였지만 밤낮으로 쫓기다 보니 심신이 지치지 않을 수 없었다.

'이렇게는 안 돼. 그렇다고 뾰족한 방법도 없고.'

오열은 눈을 들어 테르반 산맥을 바라보았다.

눈이 쌓인 산은 그림처럼 아름다웠다.

차라리 겨울 동안은 산으로 들어가는 것이 나을 것 같았다.

'하긴 산으로 들어가면 추적해 오는 놈들을 상대하는 것은 쉬운 일이지.'

오열은 생각했다.

자신에게는 땅 파는 기술이 있다.

지하 깊숙이 들어가서 지내면 겨울이 그다지 춥지 않을 것 같았다.

오열은 이제 더 버틸 수 없었다.

과도한 아바타 접속은 그의 본체의 신체적 능력을 떨어뜨리고 있었다.

게다가 바티안군을 죽인 것을 PMC가 알아차리고 제재를 받을 뻔하다가 결국 정부에 에너지스톤을 넘겨주는 조건으로 협상을 하고 말았다.

정부도 코에 걸면 코걸이 귀에 걸면 귀걸이인 규정을 엄격하게 적용할 이유는 없었다.

천문학적인 자금을 투자했던 아바타 중에서 살아남은 아바타가 별로 없었기에 오열의 협조가 굉장히 중요했다.

오열은 아만다의 옆에 누워 그녀의 잔잔한 숨소리를 들으며 잠에 빠져들었다.

밖에는 눈이 하염없이 내리고 있었다.

*　　　*　　　*

테르반 산맥은 깊었다.

총 길이 2,400㎞에 이르는 지구의 히말라야 산맥에 비견되는 거대한 산맥으로 네 개의 왕국이 인접해 있다.

이 산맥의 줄기 하나에 숨어버리면 도저히 찾을 수가 없다.

새만이 넘을 수 있다는 높은 봉우리가 많아 한때 범죄자들의 도피처가 되기도 했지만 얼마 지나지 않아 몬스터와 짐승의 먹이로 변해 버렸다.

오열은 아침을 먹고 이 테르반 산맥으로 향했다.

오열이 제의를 했을 때에 아무도 반대하지 않았다.

땅을 파고 살면 된다는 오열의 말에 만장일치로 찬성을 했다.

쌓인 눈 때문에 마차가 앞으로 나가지 않아 그동안 탔던 마차를 버리고 말에 올라탔다.

세·명의 용병은 모두 말을 능숙하게 몰았다.

문제는 오열과 브로도스, 그리고 아만다였다.

오열은 타고난 능력 덕분에 얼마 지나지 않아 말을 탈 수 있게 되자 아만다를 앞에 태우고 갔다.

브로도스만이 알렉스의 등 뒤에 매달려 로린 마을까지 갔다.

로린 마을에서 필요한 것을 보충하고 테르반 산맥으로 올랐다.

그런데 로린 마을에 들린 것이 문제였다.

추적대가 붙기 시작했다.

오열은 답답했다. 이 끝없는 도망자의 신세를 단번에 마치고 싶었다.

"오빠, 힘들지 않아요?"

오열의 등 뒤에 업힌 아만다가 미안한지 얼굴을 붉히며 물었다.

오열은 등 뒤에서 들려오는 따뜻한 촉감을 느끼며 부드럽게 말했다.

"괜찮아. 아만다는 깃털처럼 가벼워서 하나도 안 힘들어."

"그래도……."

아만다의 목소리가 다소 밝아졌다는 것을 느끼며 오열은 산 아래를 바라보았다.

바티안군은 작심을 했는지 엄청난 추적대가 뒤를 바짝 쫓고 있었다.

'이러면 곤란하지. 당해봐라.'

오열은 마침 적당한 바위가 보이자 에너지소드를 꺼내 땅을 파내기 시작했다.

의도를 알아차린 용병들이 다가와 돌을 밑으로 굴렸으나 무슨 의도로 이러는지 이해는 할 수 없었다.

온 산이 눈으로 덮였다.

이곳까지 오는 것도 간신히 겨우겨우 온 것이다.

무릎까지 발이 눈에 빠졌기 때문이다.

막상 앞으로 간다고 해도 지금의 상황이라면 얼마 더 못 간다.

제프와 일행은 이곳에서 굴을 파고 농성이라도 할 줄 알았다.

옳은 생각은 아니지만 오열이 하고 있기에 감히 말릴 생각을 못하고 있었다.

유일하게 오열의 행동에 제지를 하던 브로도스는 추위와 야영에 이미 지쳐 실신 일보직전이었다.

"자, 모두 안으로 들어가요."

굴은 겨우 일행이 앉을 수 있을 정도로 작았다.

일행이 옹기종기 굴속으로 들어가 앉자 오열은 스피드 건을 꺼냈다.

그리고 화약이 들은 화살을 사방으로 쏘았다.

펑.

펑.

펑.

조용한 산이 흔들리기 시작했다.

바티안군은 오열의 행동을 이해할 수 없었다.

미친놈처럼 날뛰며 헛짓을 하고 있었기 때문이다.

하지만 얼마 후 그들은 보았다.

처음에는 작은 움직이어서 알아차리지 못했다.

하지만 밑으로 흘러내리는 눈이 점차 많아지면서 거대한 눈의 덩어리들이 쏟아지기 시작했다.

"헉!"

"모두 퇴각하라!"

"철수!"

"도망가라!"

눈사태였다.

눈이 쏟아지기 시작하더니 나중에는 걷잡을 수 없이 커져 산을 뒤덮었다.

우르릉 꽝꽝.

천둥소리가 났다.

산이 울었다.

고요한 산이 순식간에 비명과 절망의 탄식으로 바뀌었다.

그리고 다시 조용해졌다.

"오빠, 어떻게 된 것이에요?"

아만다가 궁금한지 오열에게 물었다.

눈앞이 갑자기 깜깜해지고 동굴 입구가 눈으로 덮인 것이
다.

오열은 그 순간을 이용해 아만다의 입술에 가만히 키스를
했다.

"어머나."

아만다가 갑자기 말을 잃었다. 그러자 용병들이 끽끽거리
며 웃었다.

산의 울음이 멈추자 오열은 천천히 동굴을 막은 눈을 헤치
고 나왔다.

산을 새까맣게 뒤덮던 추적자들의 모습이 단 한 명도 보이
지 않았다.

오열의 뒤를 따라 사람들이 나왔다. 그들은 그동안 동굴에
서 쉬어서 기력을 많이 회복했다.

"어머나!"

아만다가 다시 놀라 하얗게 뒤덮인 산을 바라보았다.

그녀도 쫓기면서 초조해질 때마다 뒤를 돌아다보았었다.

그래서 얼마나 많은 추적자가 있었는지 알았었다.

"흠, 눈사태로 모두 죽었군. 허허, 이런 생각을 할 수 있다

니 놀랍군. 자네는 천재야."

"하하, 전 원래 천재였거든요."

오열은 브로도스의 칭찬에 뻐겼지만 사실 아무것도 아니
었다.

이런 종류의 영화를 많이 보았기에 너무나 쉽게 생각할 수
있는 상황이었다.

일행은 천천히 산을 넘어갔다.

이제는 추적자가 없으니 여유로운 산행이 되었다.

일주일을 걸려 한 개의 산을 넘었다. 그리고 다시 일주일을
걸려 동굴을 팠다.

"자, 어때? 괜찮지?"

오열이 아만다 앞에 폼을 잡고 물었다. 아만다는 웃으며 대
답했다.

"네, 오빠. 너무 멋져요."

동굴 안은 걸어서 다녀도 될 정도로 넓었다.

아만다의 침실은 가장 안쪽이었고 오열의 바로 옆이었
다.

브로도스가 이의를 제기하였지만 오열이 한마디로 제압했
다.

"그러면 할아범이 땅을 파든지 하세요."

"……"

동굴 안에는 나무들로 가득했다.

동굴 자체가 춥지 않고 훈훈한데다가 불마저 피우니 한여름 같았다.

아만다는 무엇보다 이제 도망가지 않아도 된다는 것과 오열과 함께 산다는 것이 좋았다. 평생을 이곳에서 산다고 해도 좋았다.

"그렇게 좋으냐?"

"네, 할아버지."

브로도스는 혀를 끌끌 차며 어이없는지 헛웃음을 터뜨렸다.

일상은 다시 여유롭게 변했다.

전쟁이 어떻게 되고 있는지 궁금했지만 알 방법이 없었다.

겨울이 끝나고 바티안군의 추적이 멈추어야 산을 나설 수 있을 것이다.

아직은 전쟁 중이므로 적도 마냥 추적만 할 수 없으니 한동안 조용하면 잊혀 질 것이다.

겨울이 되어 전쟁은 소강상태로 들어갔다.

아무리 막강한 바티안군이라 하더라도 혹독한 추위를 무릅쓰고 전쟁을 하기에는 무리가 있었다.

오열도 모처럼 한가하게 보내며 접속을 종료할 수 있게 되었다.

오열은 침대에 누워 지난 시간들을 되돌아보았다.

망가진 건강을 다시 추슬러야 했다.

밥을 먹고 운동을 시작했다.

움직일 때마다 뼈가 삐거덕거리며 비명을 질렀다.

근육도 다시 약해져 있었다.

아바타를 통해 능력을 향상시킬 수 있다는 것도 어느 정도 밸런스를 맞췄을 때를 말한다.

이렇게 일방적으로 아바타만 접속하면 건강 자체를 위협을 받게 된다.

동굴 안의 생활은 평화로웠다.

가끔 사냥을 하고 주위를 어슬렁거리는 몬스터를 잡아 실험 재료로 썼다.

그동안 건강을 잃었던 아만다와 브로도스도 기력을 다시 회복하게 되었다.

그러자 아만다는 동굴을 뛰어다니며 오열에게 놀아달라고 졸라댔다.

산이 깊어 먹을거리는 떨어지지 않았다.

겨울에도 동물들은 살아가고 살아가기 위해서는 움직여야 했기 때문이다.

마법 배낭에 가져온 양념 재료는 많아 문제가 없으나 육식

위주의 식단이 문제였다.

하지만 별수 없었다.

날씨는 추웠고 마을은 너무 많이 떨어져 있었다.

"이제 어떻게 될까요?"

모처럼 거실처럼 확 트인 공간에서 전쟁에 대한 소식으로 궁금해하는 일행들이 모여 이야기들을 나누고 있었다.

"겨울이니 전쟁은 소강기로 들어갔을 것이네. 이런 혹독한 겨울에 움직이면 병사들은 동상에 걸릴 수 있게 되고 이는 전투력의 약화를 가져오기 때문이지. 바티안군은 그동안 점령한 곳을 잘 지키며 봄이 되기를 기다릴 것이네."

사람들은 브로도스의 말에 모두 고개를 끄덕였다.

전쟁도 사람이 하는 것이라 유독 혹독한 올해의 겨울을 무시하고 계속 전쟁을 수행하는 것은 거의 불가능에 가까웠다.

그렇다면 바티안군은 전쟁을 왜 가을에 일으켰느냐 하는 전쟁의 발발 시점에 대한 의문이 생긴다. 봄이 되면 오히려 전쟁을 일으키기 더 힘들어진다.

봄은 한 해의 농사를 준비해야 하는데 이를 소홀히 하고 전쟁을 시작하면 그것은 끔찍한 작황을 가져오게 한다.

그리고 여름은 덥고 조금 있으면 가을걷이를 해야 하기에 부담스럽기는 마찬가지다.

겨울은 더 말이 안 된다.

전쟁은 고사하고 행군을 하는 것만으로도 힘들기 때문이다.

그래서 가을걷이가 끝난 가을이 가장 적당하다.

군수품을 조달하기도 가을이 가장 낫다.

겨울이 오기 전에 도시를 점령하여 봄이 오기를 버티면 되기 때문이다.

오열은 간혹 아만다의 침실에서 짙은 애무를 나누곤 했다.

더 깊은 관계를 원하는 아만다의 본능을 오열은 섹스를 하게 되면 소리가 나게 돼서 동굴 안의 모든 사람이 듣게 될 것이라는 거짓말로 넘어갔다.

'아, 문제를 해결하기는 해야 하는데.'

눈앞의 떡이 너무 큰데 먹지를 못하고 있었다.

완벽한 미모를 가진 아만다의 몸은 예술 그 자체였다.

서양 여자들이 대부분 글래머러스한 몸을 가진 것처럼 아만다의 몸은 풍성했다. 그리고 늘씬하고 피부마저 좋았다.

아직 어리다 보니 피부가 좋은 것은 당연하지만 그래도 다른 여자들보다 더 미끈했다. 대리석을 만지는 것처럼 부드럽고 말끔했다.

오열은 상상을 하며 히죽히죽 웃었다.

"너 미친놈처럼 보인다."

"아, 네. 뭐. 그렇죠."

"사랑에 미치면 약도 없다. 알고 있느냐?"

"……?"

"모르고 있었군. 사랑이 마냥 좋은 것이 아니란다."

브로도스가 말을 하면서도 나직하게 한숨을 내쉬었다. 그의 얼굴 표정은 오늘따라 어둡게 보였다.

"사랑이 지나간 자리에는 말할 수 없는 쓸쓸함이 남게 되지. 언젠가 불은 꺼지게 되는 법. 영원히 타는 장작은 없네."

"그렇죠. 그래요. 다만 장작이 타고 있는 동안만이라도 행복했으면 좋겠어요."

오열의 말에 브로도스가 의외라는 표정으로 바라보았다.

손녀사위가 될 녀석이 마음에 들었다 안 들었다 한다.

"이 전쟁 오스만 왕국이 질 것이네."

"네에……?"

"적은 오랜 기간을 준비했고 아군은 방심했네. 게다가 오스만 왕국은 당파싸움이 심했네. 국왕파와 귀족파, 그리고 중도파가 100년 동안 다퉈왔네."

"하지만 공동의 적 앞에서 힘을 합치지 않겠습니까?"

"물론 그런 시도가 없지는 않겠지. 하지만 그동안 각 세력 간의 골이 너무 깊었네. 그 골을 어느 한순간에 덮을 수는 없어. 협력을 한다고 하더라도 상대를 의식하게 되겠지. 그것이 망하는 것이라는 것을 알면서도 멈출 수가 없네. 그게 인간이

야. 지금 자네가 내 손녀를 떡 주무르듯이 하면서도 멈출 수
없는 것처럼."

"아하하하. 왜 이러세요."

"썩을 놈 같으니라고!"

브로도스는 오열을 째려보고 갔다.

아무리 티를 안 내려 해도 안 날 수가 없는 것이다.

동굴은 가능한 넓게 팠지만 그래도 좁은 공간이라 은밀하
게 뭔가를 벌일 수는 없었다. 알고서도 모르는 척을 해줬을
뿐이었다.

오열은 요즘 용병들에게 고마움을 느꼈다.

비록 자신이 그들의 목숨을 구해주고 따로 돈을 지불하고
있지만 한결같은 마음으로 따르고 있는 그들은 이제는 한 식
구 같았다.

오열은 동굴 입구에서 밖을 내려다보고 있는 제프에게 용
병들을 불러오라고 했다.

거실에 모여 따스한 차를 마시며 오열이 처음으로 용병들
에게 고마움을 표현했다.

"고맙다는 말을 그동안 못해 미안해. 정말 고맙다."

"아닙니다. 저희가 고맙지요. 오열 님은 저희의 생명의 은
인이신데."

"맞습니다. 저희는 항상 고마움을 마음속에 간직하고 있습

니다."

"네, 그렇습니다."

오열은 용병들을 보며 마음에서 나오는 미소를 지으며 말했다.

"마나심법이라고 하기에는 무리가 있지만 괜찮은 호흡법이 하나 있어. 가르쳐 줄게."

"정말입니까?"

"그래, 그다지 좋은 것은 아니야. 나도 가끔 하는 호흡법이긴 해."

오열의 말에 용병들은 무릎을 꿇고 고마움을 표현했다.

마나심법은 그것이 좋든 아니든 용병 중에 알고 있는 이가 없었다.

더욱이 소드마스터가 하는 심법이라니. 그들은 말할 수 없는 감격을 했다.

오열은 용병들의 표정을 보고 뭔가 오해를 한 것이라는 것을 알았지만 그 사실을 밝히지는 않았다.

원래 아스피린을 감기약이라고 믿고 먹으면 낫는다는 플라시보 현상도 있지 않은가.

최고의 심법이라고 믿고 하면 더 효과가 있을 것이다.

'뭐 그렇게 되면 나를 더 존경하게 되어 배반을 하지 못하게 되겠지. 후후.'

오열은 용병들에게 마나심법을 가르쳐 주며 자신도 시간을 내어 틈틈이 수련을 했다.

그러자 청명한 기운이 혈도를 따라 움직이기 시작했다.

'어, 이게 뭐지? 내 사기가 진짜였던 것인가?'

오열은 맑고 청명한 기운이 사지백해를 돌고 돌아 날아다니는 것을 지켜보며 수련을 했다.

'이곳은 지구와 달라. 뭔가가 달라!'

오열은 그렇게 생각하며 수련에 박차를 다했다. 그리고 습관적으로 본체의 수련도 병행했다.

5장

해제

동굴 안의 생활은 평화로웠다.

아이러니한 것은 이들 모두가 지금은 상황에 대단히 만족
하고 있었다.

그동안 너무 치열하게 쫓긴 것도 작용을 했지만, 오열과 용
병들은 새로 심법을 배우면서 그것에 몰입을 했고 아만다는
오열과 같이 보내는 시간이 좋았다.

그리고 브로도스는 간간히 오열이 잡아오는 몬스터를 가
지고 실험을 하였기에 불만이 전혀 없었다. 있다면 가끔 채소
가 먹고 싶다는 것 정도였다.

오열은 그동안 이런저런 일 때문에 본질적인 것을 잊고 있었다.

아바타를 접속한 것은 사랑을 하기 위해서가 아니라 본체의 능력을 업그레이드하기 위해서였다.

그런데 용병들에게 심법을 가르쳐 주고는 자신도 한번 무심결에 해보았는데 대박이었다.

뉴비드 행성은 마나가 풍부했다.

그래서 몬스터가 있는 깊은 산은 더욱 마나가 많아 희귀한 광물도 많았고 대형 몬스터도 많았다.

인간이 살 수 있는 행성이라고 해서 모두 지구와 똑같은 것은 아니다.

이 행성에는 지구에 없는 것이 참 많았다.

그중의 하나가 마나석이다.

마법사가 없는 지구는 이 마나석의 용도를 알 수 없겠지만 이곳에서는 그 용도가 너무나 분명했다.

마법사의 돌.

마법사가 사용하면 그 효용 가치가 무궁무진했다.

호박을 삶아 먹든 데쳐 먹든 그것은 요리사의 마음대로다.

호박죽을 만들어도 되고 살짝 데쳐서 샐러드를 만들어 먹어도 된다.

모두가 하기 나름이다.

이 마나석도 마찬가지였다.

쉽게 말해 마나석은 장뇌삼 정도 된다.

산삼이라고 말하기에는 조금 과하고 인삼이라고 하기에는 너무 약하다.

오열의 배낭에는 이런 마나석이 가득했다. 미처 처분도 하지 못한 상태에서 전쟁이 발발했다.

오열은 가방을 뒤져 광물을 탐지하는 기계를 바라보았다.

손바닥만 한 이 기계를 통해 방경 2㎞ 이내에 있는 광물이 잡힌다.

물론 정확한 위치는 나오지 않는다.

이 기계로 정확한 위치를 찾는 능력은 광부나 연금술사로 각성한 능력자만이 할 수 있다.

물론 이 장비를 통해 대략적인 위치를 찾고 더 정밀한 기계로 탐사하면 된다.

문제는 그런 장비가 무겁고 부피가 크다는 점이다.

'이 기계를 통해 돈을 많이 벌긴 벌었군.'

에너지스톤으로 100억이 넘는 돈을 벌었다.

하지만 그 돈은 고스란히 은행에 쌓여 있다.

쓸 시간이 전혀 없었다.

사랑을 하고 나서 현실과 아바타가 뒤바뀐 탓이다.

그럼에도 불구하고 본체의 능력을 업그레이드하는 데 소

홀히 해서는 안 된다고 생각했다.

본체가 잘못되면 아바타도 끝이기 때문이다.

오열은 미소를 지었다.

모처럼 한가하니 여유가 있었다.

가끔 아만다와 데이트를 하다가 스킨십을 하는 것은 정말 매력적이었다.

원나잇에서 만난 여자들 따위는 아무것도 아니었다. 그녀들과는 말초적인 쾌락만 공유했을 뿐이다.

하지만 그런 쾌락은 자극적이긴 하지만 위험하다.

중독성이 강할 뿐만 아니라 성병이나 에이즈에 걸릴 수도 있다.

물론 능력자들은 면역력이 높아 이런 것에는 거의 걸리지 않지만 말이다. 범죄는 아니지만 권할 만한 일은 절대 아닌 것이다.

하지만 아만다와는 나누는 시간들은 깊은 정서적 공유가 가능했다.

서로를 걱정해 주고 기뻐하는 것이 눈에 보이니 먹지 않아도 배가 부른 것 같았다.

그것은 일종의 포만감이었다. 그리고 이것을 행복이라고 말해도 틀리지 않았다.

아만다는 오열과 더 많은 시간을 같이 보내고 싶었지만 오열이 하는 일이 많은 것을 알았다.

그래서 그녀는 시간이 날 때마다 요리를 했다.

오열이 지나가는 말로 자신은 요리를 잘 하는 여자가 좋다고 한 것을 기억했기 때문이다.

'요리 잘하는 여자는 매우 매력적이지. 아, 난 아만다가 요리 못해도 괜찮아!'

아만다는 그 말을 듣고는 기를 쓰고 요리를 배우기 시작했다.

다행히도 양념 재료는 여유가 많았다.

마지막으로 들린 로닌 마을에서 식료품 가게를 싹쓸이해서 사왔던 것이다.

다만 시골 마을이라 채소를 말린 것이 없었던 것이 단점이라면 단점이었다.

화로에 보글보글 수프가 끓고 있었다.

일행이 동굴에서 생활을 하면서 아만다는 고기 수프를 매일 끓이고 있었다.

그리고 거실의 한쪽 구석에는 커다란 주전자가 놓여 있었다.

주전자의 뜨거운 물이 끓으면서 동굴을 훈훈하게 만들기도 했고 사람들이 밖에 나갔다가 왔을 때에 언제든지 차를 타서 마실 수 있게 했다.

오열이 있는 곳은 나무가 많은 지대였다. 그래서 나무들 사이에 자리 잡은 동굴은 눈에 잘 띄지 않았다.

겨울에 사용할 나무는 부족하지 않았다. 당연히 지대는 낮은 곳이었다.

오열은 하루 종일 마나심법에 심취했다.

하면 할수록 효과가 탁월했다.

이런 사실을 왜 이제야 알게 되었을까 하고 한탄스러울 정도였다.

오열이 이렇게 노력하는 이유는 아바타의 능력 향상은 영혼이 각인된 상태라 본체에도 그대로 통했기 때문이다.

현실에서 동일한 마나심법을 하면 본체에 그대로 적용이 되는 것이다.

'와우, 대단하군. 대단해. 이곳은 인간이나 몬스터가 살기에 너무나 좋은 곳이야.'

오열은 아직 과학 문명이 들어서지 않은 뉴비드 행성에 감탄을 거듭했다.

특히나 테르반 산맥의 마나농도는 매우 높았다.

그래서 마나수련을 하는 것이 매우 효과가 좋았다. 오열은 자신에게 이런 행운이 찾아온 것에 감사를 했다.

불행인 줄 알았다.

많기도 많은 능력자 중에서 하필이면 연금술사로 각성할

줄이야.

일반적으로 망캐로 알려진 캐릭터였다.

하지만 연금술사가 얼마나 좋은 캐릭터인지 이제는 알 수
있다.

만물의 근원을 파헤치는 자.

사물의 원리와 궁극을 알 수 있는 현자에 가까운 직업.

도구를 이용하면 거의 무적에 가까워지는 자.

그가 바로 연금술사다.

요즘 오열은 처음으로 몬스터를 사냥할 때 마취제를 사용
해 보았다.

미노타우로스조차 마비에 걸리게 만드는 그 강력한 마취
력에 오열은 크게 놀랐다.

이게 만약 지구의 몬스터에게도 통하면 거의 무적의 캐릭
터가 될 것이기 때문이다.

겨울이 가고 있었다.

겨울 동안 오열은 마나심법을 하면서 지냈다. 또한 간간히
아만다와 데이트를 하기도 했다.

더 이상의 추적은 없었다.

바티안군은 이제 본격적으로 전쟁을 시작해야 했고 또 테
르반 산맥으로 들어간 오열 일행을 찾을 수 있는 방법은 없었
다.

모처럼 작심하고 보낸 추적대가 눈사태를 만나 몰살을 당하는 바람에 모든 것이 잊혀졌다.

"오빠, 여기 공기가 너무 좋아요."

아만다가 오열의 팔에 매달려 미소를 지으며 말했다.

그녀의 말대로 산의 공기가 맑고 좋았다.

호흡을 하면 신선한 공기가 허파 속으로 가득 들어차곤 했다.

아무런 걱정 없이 보낸 지난 몇 달은 꿈같은 시간들의 연속이었다.

"이제 봄이 오려나 봐요."

"응, 그러네."

아만다의 말처럼 산의 모습이 조금씩 변하고 있었다.

봄이 오는 소리가 이곳저곳에서 들리기 시작했다.

날씨도 많이 포근해지고 있었고 나무들도 이제 하품을 하며 긴 잠에서 깨어날 준비를 하고 있었다.

오열은 오늘도 나무가 가득한 곳에서 아만다와 키스를 하며 시간을 보냈다.

미칠 것 같았다. 하고 싶어서.

오열은 다음 날 아침에 접속을 하지 않고 PMC를 찾았다.

"어서 오십시오."

조성호 대리가 나와 그를 맞았다.

오열은 이제 PMC에서는 VIP급으로 등급이 올라간 상태였다.

뉴비드 행성에서 에너지스톤을 공급해 줄 수 있는 유일한 대안자였기 때문이다.

"저 아바타의 성능에 관한 일로 왔습니다."

"아, 그러시군요. 당담자에게 연락을 드리겠습니다."

한참을 기다리자 나타난 사람은 이동건 팀장이었다.

그는 선한 웃음을 지으며 밝은 얼굴로 오열과 인사를 나누었다.

"그동안 집에서 꼼짝을 하지 않고 있으시더니 오늘은 어떤 일로 오셨습니까?"

"아, 뭐 좀 여쭤 볼 일이 있어서요."

"하하, 말씀해 보시죠."

오열은 이동건 팀장이 자신에게 온 것을 보고 뭔가 이야기할 것이 있음을 깨달았다.

생각해 보니 넘겨주기로 약속을 한 에너지스톤을 아직 넘겨주지 않고 있었다.

"혹시 아바타는 성행위를 할 수 없습니까?"

오열의 말을 들은 이동건이 웃으며 입을 열었다.

"그렇지는 않습니다. 다만 아바타가 현지인들과 무분별한 성행위를 하면 문제가 될 것 같아 일단 막고는 있습니다."

오열은 이동건의 말을 듣고 어이가 없었다.

이렇게 원래부터 가능한 것을 지난 몇 년 동안 고민을 한 것이다.

"그러면 만약 성행위를 하려고 하면 어떻게 하면 되는 것이죠?"

"뭐 별거 없습니다. 성인인증을 받으시고 문제를 일으키지 않겠다고 서약서를 쓰시면 됩니다. 그리고 일정한 수수료도 내야겠지요."

"아, 그렇군요. 그러면 어디서 신청을 하면 되나요?"

"하하, 좋은 사람이 생기신 것 같군요. 제가 해드리겠습니다. 뭐 별것도 아닌데요. 아, 서류 문제도 있고 하니 아바타가 한 번은 우주 함선에 들려야 합니다."

이동건의 이야기는 에너지스톤을 먼저 내놓으라는 소리였다.

오열은 서류를 작성하고 그에게 줬다.

그리고 그에게 지구에 나타난 몬스터에 대한 이야기를 들었다.

"새로 나타난 몬스터의 성향은 아직 파악이 다 된 것은 아니지만 상당히 공격적입니다. 이전과는 다른 형태를 가졌고 또 강합니다. 혹시라도 모르니 장비를 준비하고 계셔야 합니다."

"아, 그 정도인가요?"

"네, 그렇습니다. 굉장한 놈들이죠. 지금은 거대 길드들이 단합을 하여 어찌어찌 막고는 있지만 쉽지가 않습니다. 이것은 뭐 비밀도 아니니 이야기해도 상관은 없겠지요. 하하."

오열은 이동건의 말을 듣고 묘한 뉘앙스를 느꼈다. 그것이 뭔지 모르지만 한번 질러보았다.

"그러면 혹시 기존 장비 중에 PMC가 제게 팔 만한 것이 있나요? 원가로요."

"하하, 어떻게 아셨습니까? 마침 기가 막히게 좋은 놈이 하나 있지요."

오열은 이동건이 자신에게 베푸는 친절을 받아들여 장비를 구입하고 집으로 돌아왔다.

오열은 거실에서 어이없는 웃음을 터뜨렸다.

무식하면 손발이 고생한다는 말이 있듯이 조금만 생각해 보면 알 수 있는 일이었다.

아바타는 인간이 느낄 수 있는 모든 것이 다 가능하였다.

그런데 유독 성행위만 안 될 이유가 없는 것이었다.

애초에 보급형으로 국가에서 나눠준 아바타가 성행위를 하지 못하게 프로그램이 된 것은 어쩌면 당연한 일이었다.

만약 대단위의 아바타가 뉴비드 행성에서 활동했다면 말

이다.

만일 아바타가 현지인과의 성행위가 아무런 제약없이 가능했다면 관리하는 데 애로가 있었을 것이다.

한 번 허용된 일은 되돌리기가 힘들고 게다가 이런 민감한 문제는 PMC가 통제하기가 힘들기 때문이다.

그런데 아바타 실험이 실패로 끝나고 나니 이제는 더 이상 아바타를 통제할 이유도 명분도 없어진 것이다.

'하아~ 너무 바보 같았군. 왜 그동안 PMC에 물어볼 생각을 못했을까?'

생각해 보니 그동안은 원나잇으로 풀어버렸기에 아바타가 성행위를 못한다고 하더라도 아쉽지 않았던 것이다.

그러나 아만다를 사랑하게 되자 비로소 그것이 문제가 되었다.

'그래서 뭐든 모르는 것은 물어봐야 해. 혼자 고민을 해봐야 문제는 해결되지 않아.'

오열은 피식 웃었다.

이제 문제가 해결된 것이다.

아마도 우주 함선으로 돌아가지 않아도 아바타의 성행위는 가능할 것이다.

그런데도 이동건 팀장이 그렇게 말한 것은 그만큼 에너지 스톤이 필요했던 것일 것이고.

한 번 약속한 것이니 주긴 줘야 한다.

*   *   *

오열은 산을 달렸다.

그리고 몸을 허공으로 띄웠다.

그러자 단전이 뜨거워지더니 힘이 사방팔방으로 돌기 시작했다.

몸이 가벼워지며 나무와 나무 사이를 스치듯 지나갔다.

마치 캥거루처럼 깡충거리는 모습이었지만 대단히 빨랐다.

메탈에너지 외에 순수한 무공의 능력이 나타난 것이다.

요즘 메탈에너지가 마나심법을 할 때마다 묘하게 섞이더니 나타난 능력 중의 하나였다.

'굉장한데.'

오열은 천재는 아니지만 적어도 눈치가 빠르고 잔머리를 잘 굴렸다.

자신의 몸속에서 무슨 일이 벌어진 것을 금방 깨달았다. 어차피 메탈사이퍼로서의 능력도 일종의 잠재 능력을 극대화하는 것이었다.

인간에 내재된 능력을 인위적으로 깨운 것이다.

그런데 오열의 몸에서 새로운 현상이 나타났다.

무공와 사이퍼의 능력이 합쳐지고 있었다.

오열은 그냥 달려도 이렇게 빠른데 메탈부스터를 키면 얼마나 빠를까 생각하니 그 무엇도 두렵지 않았다.

오열은 몸을 공중에 띄웠다. 몸이 허공에서 잠시 머물렀다.

마치 나비의 날개라도 달린 듯 떨어지는 속도가 굉장히 느렸다.

메탈사이퍼에너지를 다루는 능력이 시간이 지나면서 더 능숙해지기 시작했다.

"하하하!"

오열은 너무 기뻐 마구 웃었다.

이제 원하는 것을 얻었다.

처음 아바타를 접속하려고 했던 힘, 그것을 마침내 얻었다.

오열은 돌아와 이 테르반 산맥을 떠날 것은 제안했다.

이번에도 모두 만장일치로 찬성했다.

아무리 산속 생활이 좋아도 도시보다 좋을 리가 없었다.

마을에 도착하여 가장 좋아한 사람은 아만다였다.

오열과 함께한 산속 생활이 좋긴 하지만 여자가 오래 있기에는 불편한 점이 너무 많았다.

특히나 씻는 것이 불편한데 그것을 대놓고 말하기가 민망

했다.

아만다는 독방을 얻어 제일 먼저 씻고 잠시 잠을 잤다.

따뜻한 물에 목욕을 하고 침대에 누우니 사르르 잠이 몰려
온 것이다.

산속에서 오열과 용병들이 최대한 아만다를 배려해 줬지
만 그렇다고 하더라도 산은 산이었다. 그것도 몬스터가 득실
거리는.

*   *   *

전쟁이 치열하게 진행되고 있었다.

오스만군이 반격에 나섰고 바티안군은 보급에 어려움을
겪고 있었다.

점령군이 될 것인가, 침략자가 될 것인가의 차이였다.

단지 침략자가 된다면 속도전을 해도 된다.

번개처럼 쳐들어가 상대가 정신을 못 차리는 사이에 도시
를 부수고 약탈과 방화를 전략적으로 행하는 것이다.

이럴 경우 잘 만하면 적에게 치명타를 주면서 한몫 단단히
챙길 수 있다.

하지만 점령군은 영토를 획득하는 것을 목표로 하기에 차
근차근 나아가야 한다. 그렇지 않으면 뒤통수를 맞을 수도 있

기 때문이다.

30만의 바티안 군대가 수도 나하른으로 가는 동안 오스만의 군사들 역시 빠르게 움직였던 것이다.

문제는 전쟁을 예측을 하지 못해 슘마가 너무 쉽게 무너진 것이다.

다행한 것은 슘마의 나탈리우스 백작을 비롯하여 대부분의 귀족이 살아남은 것이다.

천재 전략가 나만의 전술 덕분이었다.

그는 게릴라전을 펼치다가 이상한 소문 하나를 들었다.

자신이 명령을 하지 않은 곳에서 연금술로 만든 화살 이야기가 들려왔던 것이다.

그리고 그는 그 소문을 듣고 직감적으로 자신이 그때 보았던 연금술사라는 것을 알았다.

만나는 족족 목을 베어 죽이는 공포의 기사.

바티안군이 그쪽으로 관심을 쏟는 동안 적지 않은 군사를 성에서 빼낼 수 있었던 것이다.

이것이 바로 바티안군이 오스만 왕국을 점령했을 때에 반군에 의해 물러나게 된 요인이 되고 말았다.

오스만 왕국의 구국의 영웅 나탈리우스 백작이 이렇게 대중 속으로 등장하게 되었다.

오열과 일행은 전쟁이 벌어지는 곳을 피하여 마침내 페테에 도착하게 되었다.

이번에는 오스만군이 바티안군을 괴롭히고 있었기에 아무리 바티안군이라 하더라도 힘을 한 곳에 집중시켜야 했던 것이다.

그래서 전쟁이 벌어지는 곳이 아닌 곳에는 별다른 신경을 쓸 수 없었다.

페테에서 잠시 쉬다가 카르디어스 남작이 다스리는 메텔레스 영지에 도착하였다.

테르반 산맥에서 출발한 지 4개월 만이었다.

*   *   *

오열은 메텔레스 영지 중에서 가장 치안이 좋은 함부르크에 저택을 하나 구입했다.

이 함부르크는 카르디어스 남작이 있는 도시라 가장 안전한 곳 중의 하나였고 물가도 안정되어 있었다.

오열은 용병들을 불렀다.

이제는 가족 같은 그들이었다.

"이곳에서 몇 달을 기다려 줘. 만약 무슨 일이 생기면 사용해. 파란색이 있는 화살은 소규모 화약이 들어간 것이고 빨간색은 대규모용이야. 가능한 사용하는 일이 없었으면 좋겠다.

괜히 문제를 만들지 말고 특히 아만다가 밖으로 나가지 않도록 해줘. 그녀는 예쁘니까 건달들이 덤벼들 수도 있으니 말이야."

"믿고 맡겨주십시오."

"목숨을 다해 지키겠습니다."

"걱정하지 마십시오."

오열은 그들에게 전에 마나석을 나눠줬다.

그것을 팔기만 해도 평생 먹고살 만한 것들이라 오열에 대한 충성심은 매우 컸다.

게다가 예전과 달리 마나심법을 배웠기에 날로 실력이 향상되고 있었다.

오열은 용병들에게도 몸조심할 것을 부탁하고 데논 평야로 떠났다.

물론 아만다와 달콤한 시간을 보내곤 난 뒤였다.

한번 왔던 길이고 지도도 있어 돌아가는 길은 어렵지 않았다.

그리고 빨리 갔다 오려고 부스터를 작동하고 뛰기도 했다.

과연 새롭게 바뀐 육체는 굉장했다. 이전과 달리 엄청난 속도로 달릴 수 있었던 것이다.

만약을 위해 부스터가 완전히 방전될 때까지는 쓰지 않았다.

아무리 많이 사용하여도 10의 4는 반드시 남겨놓았다.

그렇게 해서 그는 한 달 만에 아마스트라스 숲으로 돌아왔다.

크아앙.

몬스터 한 마리가 오열을 발견하고 날카로운 이빨을 드러냈다.

이곳은 자신의 영역이라고 노란 눈을 부라렸다.

검은색의 오우거였다.

'젠장, 이거 지체하게 생겼네.'

오열은 눈앞의 오우거가 탐나기는 했다.

시간이 없어 덤벼들지 않으면 그냥 갈 생각이었지만 오우거는 그렇게 생각하지 않은 모양이었다.

4미터의 거대한 몸을 일으키고 오열을 향해 달려들었다.

오열은 시간이 없었다. 재빨리 스피드 건을 꺼내 마취탄을 쐈다.

퍽.

화살이 오우거에 맞고 1분도 안 되어 오우거가 마비가 되어 움직이지 못했다.

오열은 달리는 속도를 이용하여 도움닫기를 했다.

몸이 공중으로 떠오르며 오우거의 어깨 위로 검이 번쩍하고 지나갔다.

붉은 검기가 허공을 번쩍한 순간 오우거의 머리가 바닥으로 뚝 하고 떨어졌다. 그리고 거대한 몸이 앞으로 무너지기 시작했다.

짝짝짝.

오열은 박수 소리에 뒤를 돌아보았다.

거기에는 엘리자베스가 나무 위에서 그를 바라보며 웃고 있었다.

그녀의 뒤에는 햇살이 내리비치고 있어 마치 성자의 후광처럼 보이게 만들었다.

"오랜만이에요."

이영은 나무 위에서 훌쩍 뛰어내렸다.

그러자 그녀의 외모가 눈에 들어왔다. 여전히 현실감 없는 아름다움의 소유자였다.

"오랜만입니다."

오열도 반가운 마음으로 엘리자베스에게 인사를 했다. 그래도 3개월이나 함께 사냥을 다녔던 처지라 다시 만난 것은 의외로 반가웠다.

"와우, 대단하게 발전했네요. 그리고 아바타도 바뀌었고."

"네, 덕분에요. 고맙습니다."

이영은 이곳에서 이 남자를 볼 수 있을 것이라고 생각하지 못했었다.

그녀는 바빠지자 이곳으로 돌아와 짧은 시간 동안만 아바타를 접속하곤 했다.

그녀는 오열을 바라보았다.

꽤나 영리한 사람이었지만 상대적으로 연약한 연금술사였다.

그에게 아바타를 다시 만들라고 조언을 해줬지만 정말 다시 만들었을 줄은 생각도 하지 못했다.

"그것은 뭐였어요?"

"마취제가 들어간 화살을 쐈습니다."

"정말요?"

이영은 자신의 귀를 믿을 수 없었다. 몬스터를 마취시킬 수 있다니 자신이 직접 보고도 믿을 수 없을 정도로 놀라웠다.

다시 보니 예전의 그가 아니었다. 키도 커졌고 당당한 남자로 보였다.

예전의 간신 캐릭터는 눈을 씻고 보아도 보이지 않았다.

"아바타를 바꿨으면서 왜 나에게 연락을 하지 않았어요?"

"그쪽은 동료가 있지 않았습니까? 제가 방해가 될 것 같아서요."

"호호, 이제는 없어요. 그럼 우리는 다시 뭉치는 것인가요?"

이영은 장난처럼 웃어 보였다. 그러자 오열의 얼굴은 곤란한 표정이 나타났다.

"그러고 싶지만 저는 해야 할 일이 있어서요."

"그래요? 그게 뭔데요?"

이영은 정말 궁금했다.

그동안 이 남자에게 무슨 일이 일어났기에 이렇게 변했는지 궁금했다.

오열은 가볍게 인사를 나누고 쓰러진 오우거를 도축했다.

단검이 지나는 자리에 가죽이 스스로 알아서 벗겨졌고 심장과 뼈를 분리하여 가방에 넣고 나머지는 버렸다.

시간이 많았다면 챙겼겠지만 지금은 정말 시간이 없었다. 마정석을 챙기고 일어났다.

"그럼 저는 바빠서."

"어……? 벌써 가는 거예요?"

"네, 정말 바쁩니다."

오열은 정말 마음이 바빴다. 하루 빨리 남자가 되고 싶었다.

오열이 걷자 이영도 따라 걸었다.

"음, 우주 함선으로 가는 건가요?"

"네, 맞습니다."

"아하. 그렇군요."

오열은 오늘따라 자신에게 살갑게 구는 엘리자베스가 이

상했다.

그녀는 자신을 무시하지는 않았지만 지난 3개월을 같이 사냥을 했을 때 적당한 거리를 두었었다.

그래서 자신이 남자임에도 불구하고 감히 딴생각을 하지 못했었다.

마음속으로 한번 잘하면 되지 않을까 하는 그런 생각마저도 하지 못했을 정도로 둘 사이에는 거리가 있었다.

한마디로 넘사벽이었다.

'흠, 그동안 이상한 약을 먹었나 보다.'

오열은 편하게 생각하고 계속 걸음을 옮겼다.

하지만 엘리자베스는 그동안 말을 못한 한이라도 있는 듯 종알거리며 이야기를 했다.

만약 아만다가 없었다면 이 짧은 시간에 그녀에게 반해 버렸을 정도로 귀여웠다.

차갑던 얼굴에는 봄바람이 불어왔다.

오열은 그 모습을 보자 자꾸만 '왜지?'라는 생각이 들었다.

하지만 바빴다.

지금 오스만 왕국은 전쟁 중이었고 비록 용병들이 아만다를 보호하고는 있지만 3명에 불과했다.

빨리 돌아가야 했다.

아마스트라스 숲에 들어선 지 일주일 만에 지니어스 23에 돌아왔다.

이철수 대령이 오열의 문제를 해결해 줬다.

그는 프로그램을 해제하면서 의미심장한 미소를 지었다.

남자만이 짓는 묘한 미소였다. 오열은 에너지스톤을 그에게 주었다.

"오, 이제야 보게 되다니."

"에너지스톤이 다 떨어졌나 보군요."

"그렇습니다. 이곳에 있는 사람들은 모두 과학자지요. 다국적 연합군의 우주선이다 보니 생각보다 규칙이 많습니다. 서로를 경계하는 것이죠."

"아, 문제는 어디나 있겠죠."

오열은 이야기를 끝내고 나오려는데 이철수 대령이 다급한 목소리로 에너지스톤을 더 구해줄 수 없냐고 말을 했다.

"저번에 드린 에너지스톤도 적은 것은 아니었을 텐데요."

"이곳에서 크고 작은 실험을 하다 보니 에너지의 사용량이 많아졌습니다. 자체적으로 풍력에너지나 태양에너지 등도 사용은 하고 있지만 워낙 에너지가 부족합니다. 이곳에서 아바타를 만드는 일뿐만 아니라 이 행성의 탐사도 해야 하는데 그 모든 지원을 이 우주선이 합니다. 지질 탐사가 이루어지고

는 있지만 아바타를 사용하는 사람들이 군인이다 보니 효율
성이 떨어집니다. 그리고 이곳의 광석들은 지하 깊숙이 묻혀
있어서 채취하는 것이 무척이나 힘듭니다. 게다가 몬스터의
위협이 많기 때문에 탐사 자체가 잘되지도 않고 있습니다."

오열은 고개를 끄덕였다.

자신이 에너지스톤을 채취한 곳도 몬스터가 너무 많아 가
지를 못했던 곳이다. 그래서 수십 km 밖에서 땅굴을 파지 않
았던가.

"하지만 저는 민간인이고 또 광물을 채취할 시간도 없습니
다."

오열의 설명에 이철수 대령이 나직한 한숨을 내쉬며 이야
기를 했다.

우주선에서 지구로 보내는 물건도 가능해진 이유는 에너
지스톤이 있기 때문이고 이제는 생물도 보내는 실험을 하고
있다고 했다.

그 말이 오열의 귀에 쏙 들어왔다.

'생명체를 보내는 실험이라?'

오열은 관심이 갔다.

이철수 대령은 미국, 중국, 일본에 비해 한국의 연구가 상
당히 뒤쳐져 있다고 한숨을 푹 내쉬었다.

그도 이 행성에서는 전투직보다는 생산직 능력자가 더 필

요하게 될 줄은 몰랐다. 그래서 오열 앞에 이런저런 푸념을
했다.

"정말 시간이 없으십니까?"

"제가 빨리 가봐야 해서요."

"아, 그분에게요?"

"아, 네."

오열은 이철수 대령의 말에 고개를 끄덕였다.

자신의 아바타가 성생활을 할 수 있게 만들기 위해 왔으니
안 봐도 비디오였다. 남자들끼리 통하는 그런 것이 있었다.

"그녀는 어디에 있습니까?"

"……."

"괜찮습니다. 말씀을 하셔도. 비밀을 지키겠습니다."

"아, 메탈레스 영지에 있습니다."

"메탈레스 영지면 가까운 곳이군요."

이철수 대령이 지도를 하나 띄워보더니 미소를 지었다.

"걸어서 2달 거리군요."

"아, 네. 맞습니다."

"생각보다 이곳과 가깝군요."

"네, 멀리 있다가 전쟁이 나서 함께 움직였습니다."

"그렇군요. 저 정도의 거리라면 문제가 없습니다."

"네에……?"

오열은 의아한 표정으로 이철수 대령을 바라보았다.

이철수 대령이 웃으며 말했다.

"오열 씨, 부탁드립니다. 오죽하면 민간인인 이오열 씨에게 우리가 이러겠습니까? 우리 한국군은 평생 지구로 귀환하지도 못하고 이곳에서 생을 마칠지도 모릅니다. 그래서 저희가 포탈을 연구하는 것입니다. 지구로 돌아가기 위해서요. 이 연구에는 천문학적인 연구비가 들어갑니다. 하지만 이 모든 것을 우리는 이곳에서 자체 조달해야 합니다. 하아⋯⋯ 그런데 한국을 제외하고 다른 나라들은 지하자원을 채굴하는데 아무런 어려움을 겪고 있지 않습니다. UN이 어떤 결정을 내릴지 모르지만 이곳에 교두보를 확보하고 유리한 포지션을 취하지 못하면 우리나라는 다른 나라들에 뒤쳐질 것입니다. 그러니 부탁드립니다."

오열은 이철수 대령의 진심 어린 말에 깊은 감명을 받았다.

하지만 관심은 별로 생기지 않았다.

오열은 애국심이나 다른 사람을 위해 선행을 베푸는 일 따위는 관심이 아예 없었다.

하지만 진정성을 가지고 말하는 이철수 대령의 말을 무시하는 것은 또 힘들었다.

하지만 하기 싫은 일이었다.

이제는 땅만 파면 구토가 나온다.

그것을 참고 국가를 위해 일을 한다는 것은 그의 성향에 맞지 않다.

오열이 별 관심을 가지지 못하자 이철수는 다시 입을 열었다.

"새로 나온 부스터를 장착해 드리겠습니다. 네오23는 최첨단 제품으로 비행이 가능합니다."

"네에?"

"정말입니다. 설마 우리 우주 탐사단이 걸어 다니면서 일을 한다고 생각하시는 것은 아니겠지요?"

"아, 그렇군요."

"이 네오23은 시속 200㎞/h의 속도로 하늘을 날 수 있습니다."

"헐~"

오열이 놀라자 이철수가 웃으며 말한다.

"이 정도면 끌리지 않습니까? 연료는 오직 에너지스톤만 있으면 됩니다."

오열은 이철수 대령의 말에 왜 이렇게 이들이 광물에 목을 매는지 알 수 있었다.

효용가치가 높기 때문이다.

오열은 이철수 대령의 말에 관심이 생겼다.

하늘을 날 수 있게 된다면 국가를 위해 수고를 좀 해도 될 것 같았다.

"조건은……?"

오열은 그런 놀라운 성능을 가진 부스터를 국가가 공짜로 줄 것이라고는 생각하지 않았다.

국가가 국민의 안전을 위해 노력한다지만 지금은 지킬 국민이 없다.

아바타를 국민으로 보기는 힘들기 때문이다.

게다가 우주 탐사대원들은 정부에서 파견한 군인들이지 정부 자체는 아니다.

"우리 군과 함께 에너지스톤과 철광석과 같은 광물을 찾는 일을 같이해 주시기를 바랍니다."

"하늘을 날 수 있는 부스터를 주지만 그걸 사용도 못해보고 땅만 파라고요?"

"저희 군에 소속된 아바타를 파견해 드리겠습니다. 함께하는 것이지요."

"흠. 그래도……."

"제발 부탁드립니다."

"그러면 채굴된 광물에 대한 소유권은 어떻게 됩니까?"

"그것은 담당자와 협의를 해야 할 것 같습니다."

잠시 후에 협상자로 박상민 대령이 나왔다.

아무래도 이철수 대령은 연구하는 데에 특화된 과학자라

진정성은 있지만 협상력은 없기 때문이었다.

오열은 이야기를 듣고 부스터를 무료로 받고 2년간 2건의 채굴에 협조하기로 했다.

사실 위치만 찾으면 땅을 파는 것은 별로 어렵지 않았기에 결정한 것이다.

오열은 사인을 하고 우주 함선을 벗어나 네오23을 켰다.

스릉.

어깨 위에 작은 날개가 돋아났다. 방향을 전환할 때 쓰이는 날개였다.

몸이 공중으로 두둥실 떠오르더니 하늘 위로 날아올랐다.

진짜 하늘을 날기 시작했다. 마치 슈퍼맨이 된 듯한 느낌이 들 정도로 기분은 좋았다.

한 달하고 10일 동안 걸린 거리를 하늘을 날아 하루 만에 도착했다.

오열은 하늘 위에서 한 바퀴 곡예를 돌고 땅으로 착지하였다.

세상이 달라보였다.

순간적이나마 위대한 힘을 소유한 듯 착각이 들었다.

"우와, 괜찮군."

오열은 이철수 대령이 처음 말을 꺼냈을 때에는 비행선과 같은 것을 일정기간 대여해 줄 줄 알았다.

하지만 이렇게 굉장한 부스터를 줄 줄은 몰랐었다. 아주 마음에 들었다.

'이제부터 레벨이 깡패가 되는 건가?'

고레벨이 되면 저레벨의 유저는 그냥 껌이다. 이제 그 단계까지 들어왔다는 느낌이 들었다.

또 하나 중요한 것은 장비다.

어떤 무기를 가지고 있느냐에 따라 파티 사냥이 달라진다.

세상의 대부분의 사람은 존재의 가치보다는 소유의 가치를 중요하게 여긴다.

오열은 어둑어둑해지는 하늘을 바라보며 재빨리 새로 구입한 저택으로 뛰어갔다.

사랑이 기다리는 집으로.

사람들은 생각보다 빨리 온 오열을 보고 모두 놀랐다.

적어도 4-5달은 걸린다고 했는데 두 달도 못 되어 돌아왔으니.

오열은 모두에게 인사를 하고 같이 차를 마셨다.

아만다는 오열의 눈치를 살피더니 저녁준비를 하기 시작했다.

눈치만으로도 오열이 저녁을 먹지 못한 것을 알았기 때문이다.

오열은 오랜만에 맛있는 식사를 했다.

다른 사람들은 이미 식사를 하고 난 뒤라 알아서 둘을 위해 빠져줬다.

차를 마시면서 하롱거리는 불빛 아래에서 아만다가 은근한 눈빛으로 오열을 바라보았다.

사랑하는 사람을 4달 동안을 못 볼 것이라고 생각했었는데 두 달도 안 되어 돌아왔으니 무척이나 기뻤다.

바람이 불어왔다.

6월의 바람 속에 라일락 향기가 그윽하게 번져 있었다.

열려진 창문으로 바람이 지나가고 꽃향기도 날아 들어왔다.

오열은 아만다의 손을 잡고 창밖을 바라보았다.

너무나 잔잔한 평화, 고요함이 어둠 속에서 별빛처럼 투명하게 빛나고 있었다.

아만다가 오열의 어깨에 기대어왔다.

라벤다향이 더 짙어진 향기에 오열은 아만다의 머리를 살짝 쓰다듬었다.

이제 더 이상 소녀가 아닌 숙녀가 시간 속에서 영글어 갔다.

아이가 어른이 되는 것은 시간이 빚어낸 하나의 작품이다.

인간은 시간 속에서 그 무엇이 된다.

가치 있는 사람이든, 그 반대이든 무엇이든 된다.

오열은 아만다를 끌어안았다.

마주친 아만다의 눈은 뜨거운 열기로 불타오르고 있었다.

눈으로 그녀는 자신의 마음을 이야기 하였다.

보고 싶었다고. 당신을 원한다고.

그렇게 말하고 있었다.

오열은 그 눈을 보자 자신도 모르게 아만다의 입술을 더듬었다.

"아~"

나직한 신음과 함께 벌어진 입술에서 달달한 사과향이 났다.

왜 여자의 입술은 이렇게 말랑말랑한지.

왜 이렇게 남자들을 미치게 할 정도로 부드러운지. 오열은 입술을 빨면서 그 부드러움에 떨었다.

여자는 남자가 없는 것을 가졌다. 동시에 남자가 있는 것을 가지지 못했다.

그래서인지 남자와 여자가 만나면 서로를 원하게 되는지도 모른다.

눈빛만 봐도 마음을 알 수 있고 몸이 저절로 움직인다.

마음이 가니 몸이 따라 간다. 꽃이 피면 나비가 날아드는 것처럼.

마주친 입술 속에 폭죽이 불꽃처럼 터졌다.

머릿속에는 오직 상대에 대한 탐욕만으로 가득하게 된다.

더 간절히.

더 강하게.

더 부드럽게.

봄바람보다 더 부드럽고 태양보다 더 뜨거운 정염의 시간이 지나자 아만다가 호흡을 가다듬었다.

숨을 쉴 수가 없어 그녀는 더 이상 입맞춤을 할 수 없었던 것이다.

얼굴이 저절로 붉어지고 입술이 저절로 벌어진다. 그 사이로 더운 숨이 뿜어져 나왔다.

너무 반가워 이야기를 나누기도 전에 몸이 먼저 반응하였다.

서로의 몸을 쓰다듬는 것만으로도 대화 그 이상의 소통이 이루어졌다. 놀라웠다.

"잠시만요."

오열은 숨을 헐떡거리는 아만다를 절대로 놓아주지 않았다.

"아~ 어떻게 해."

오열은 아만다를 자신의 침실로 이끌었다. 그사이 호흡을 고른 아만다가 오열을 노려보았다.

"너무 빨라요. 천천히, 천천히 해요. 우리……."

아만다는 오늘따라 서두르는 오열이 원망스러우면서도 반가웠다.

조금 더 부드럽게 해줬으면 좋겠는데 오열은 그렇지 않았다.

하지만 이런 관심은 그녀로서는 바라던 바였다.

오열의 애무와 키스가 그녀를 황홀하게 만들었을 뿐만 아니라 사랑이라고 생각했기 때문이다.

오열은 아만다의 몸을 보며 나지막하게 탄성을 발했다.

"아만다, 아름다워!"

아만다는 부끄럽다는 감정이 오열의 아름답다는 말에 의해 밀려갔다.

그것은 그녀에게 용기를 주었을 뿐만 아니라 몸도 뜨겁게 만들었다.

그녀는 자신의 몸이 열리고 있다는 것을 느꼈다.

'아, 오늘이 그날인가?'

아만다는 생각만 해도 흥분이 되었다. 어릴 때부터 그녀는 오열의 여자가 되고 싶어 했다.

처음 보았을 때부터 그냥 좋았다.

어떤 이유나 계기가 있었던 것도 아니었다.

그냥 처음 보았을 때부터 저 남자가 좋다고 느꼈을 뿐이다.

같이 있는 시간이 많아질수록 그의 여자가 되기를 소원하게 되었다.

"아, 달링."

아만다는 두 손으로 오열의 목을 잡고 생소한 고통이 지나가기를 기다렸다.

그것은 마치 두 개의 몸이 하나로 합쳐지는 일체감이었다.

원래 하나였던 것이 이제야 잃어버린 것을 되찾은 기쁨이 온몸으로 번졌다.

오열은 이때까지 단 한 번도 느끼지 못한 짜릿한 쾌락에 몸이 부들부들 떨릴 정도였다.

원하는 것을 얻었다는 환희와 사랑하는 이와 함께하는 충만감이 그를 사로잡았다.

오열은 아바타의 몸이 이렇게 섬세한 것에 놀라움을 넘어 감동을 하였다.

아바타가 느끼는 것이 정신을 통해 본체가 열락을 느꼈다.

오열은 아만다를 안고 비스듬히 누워 뛰는 심장의 고동소리를 느끼며 행복을 느꼈다.

아만다는 눈물을 흘리며 혀로 오열을 가슴을 더듬었다.

"이런 거였군요. 사랑을 나누는 것이 이렇게 좋은 거였어요. 그런데 왜 이렇게 늦게 해줬어요?"

"사정이 있었어. 행복했어?"

"네, 너무 행복했어요."

오열은 아바타가 누리는 쾌락에 행복감을 느꼈다.

잠시 쉬다가 다시 힘이 돌아오자 오열은 다시 아만다를 덮쳤다.

별이 가슴까지 내려올 때까지 이 둘의 사랑은 멈추지 않았다.

바람이 불고 어둠이 연기처럼 사라질 무렵에서야 격정의 시간이 끝났다.

아만다는 잠들어 있는 오열을 보며 중얼거렸다.

"완벽한, 짐승!"

아만다는 다리를 부여잡고 희미한 미소를 지었다.

"그래도 좋아!"

사랑은 좋다.

지금은 그냥 좋을 때였다.

6장

나는 연금술사다

오열은 일주일을 집에 머물며 하루 종일 침대에서 뒹굴었다.

주로 낮에 접속을 종료하고 밤에 들어올 때가 많았다.

늦게 배운 도둑질이 밤새는 줄 모른다고 참고 참았다가 하는 거라 아무리 해도 질리지 않았다.

브로도스는 난감한 표정으로 오열과 아만다를 바라보았다.

말릴 수 있는 단계가 이미 지났기에 가만히 있지만 걱정이 되는 것은 어쩔 수가 없었다.

아만다는 그에게 하나밖에 없는 손녀였기 때문이다.

그때 새 한 마리가 그의 머리에 똥을 갈리고 도망갔다.

"아이쿠."

브로도스는 얼굴에 묻은 새똥을 손으로 닦아냈다.

불쾌함이 머리에서부터 발끝까지 번졌다.

새똥을 맞은 것도 모두 손녀의 옆에서 웃고 있는 오열이 때문인 것 같았다.

'모두 저놈 때문이야!'

브로도스는 창문가에서 손녀와 함께 히히덕거리는 오열을 보니 알 수 없는 적대감이 일어났다.

하지만 이제 돌이킬 수는 없게 되었다.

한동안은 잘 참는 것 같더니 이제는 갈 데까지 갔다.

말로는 손녀사위가 되면 공짜로 연금술 재료를 얻을 수 있어 좋다고 말했지만 속마음은 그러지 않았다.

아니, 세상의 그 어떤 남자가 와도 그의 마음을 만족시켜 주지는 못할 것이다.

브로도스는 한숨을 내쉬며 어깨를 축 늘어뜨리고 터벅터벅 걸었다.

오늘은 실험을 하는 것도 싫어졌다.

그는 조만간 아들 내외를 이곳으로 불러야 될지도 모른다고 생각했다.

오열은 약속한 것이 있어 어쩔 수 없이 우주 함선으로 갔다.

하도 급하다고 말해서 어쩔 도리가 없었다.

받아먹은 것이 너무 컸기 때문이다. 현실에서도 PMC가 자꾸 독촉을 했고.

"이것이 저희가 찾은 광물이 있는 위치입니다."

40대 중반의 나윤중 소령이 오열에게 자료를 보여주었다.

붉은 점은 에너지스톤이, 파란 점은 모나베헴 합금을 만들 수 있는 모나베라 광석이, 그리고 노란색은 미스넬이 있는 곳이다. 모두 매장량이 많지 않은 듯 보였다.

오열은 일단 자료를 보고 직접 가보고 결정을 하기로 했다.

오열이 우주 함선을 나오자 10명의 아바타가 그의 뒤를 따라 나왔다.

탐사를 돕고 몬스터를 막을 아바타들이었다.

"일단 드래곤 협곡으로 먼저 가죠."

"알겠습니다."

나윤중 소령이 고개를 끄덕이며 절도 있는 어조로 대답했다.

네오23을 키고 하늘을 날아 도착한 곳에는 거대한 폭포가 물을 뿜어내고 있었다.

지구의 나이가라 폭포에 비견되는 장관이었다.

간간히 허공으로 물보라가 뛰었고 수면에서는 물안개가 '어둠의 숲'을 신비롭게 가리고 있었다.

"장관이군!"

오열이 폭포의 아름다움에 놀라 가만히 있자 나윤중 소령이 옆에서 웃었다.

오열은 탐사기계를 꺼내 신호를 잡았다.

사실 기계로 하는 이런 지질조사는 정확하지 않았다.

지하에 있는 광물의 위치와 매장량을 찾는 일은 대단히 어렵다.

엄밀하게 말하면 각 광물의 양을 알기 위해서는 직접 파보아야 한다.

그래서 정보가 있음에도 한국 우주 탐사대는 시도를 하지 못하고 있었다.

게다가 땅을 파는 것은 쉬운 일이 아니다.

굴을 파는 거야 누구나 팔 수 있다.

그러나 무너지지 않게 파는 것은 아무나 못한다. 광부가 달리 왜 필요하겠는가.

오열은 일단 광물이 있을 것으로 추정되는 곳을 모두 들렸다.

일단 가장 많은 양이 있는 곳을 파는 것이 원칙이었지만 한국군은 가능하면 에너지스톤과 모나베라 광석을 먼저 캐었으면 했다.

다행스럽게도 에너지스톤의 양은 제법 있는 것으로 나타났다.

3일 동안 탐사를 마치고 오열은 일단 그곳에서 철수했다.

이철수 대령은 오열이 가리키는 지도를 보며 연신 고개를 끄덕였다.

"그래서 에너지스톤을 먼저 채굴할 생각입니다. 생각보다 깊지만 양은 많습니다."

"좋습니다."

이철수 대령은 환한 얼굴로 오열을 바라보았다.

에너지스톤은 모든 광물 가운데서 한국군에게 가장 시급한 것이었다.

특히나 요즘은 지구로 가는 포탈에 대해 실험 중이라 더욱 에너지스톤이 필요로 했다.

"3일 후에 시작하겠습니다. 필요한 준비를 마쳐 주시기를 바랍니다."

"알겠네. 화약을 비롯하여 필요한 모든 것을 준비해 놓겠네."

"그럼, 3일 후에 오겠습니다."

오열은 페테의 집으로 돌아왔다.

이틀을 머물며 아만다와 깊은 관계를 맺었다. 그리고 다시 우주 함선에 들려 현장으로 떠났다.

어둠의 숲에 있는 드래곤 협곡에서부터 먼저 작업을 시작하려고 하였다.

지층 깊숙이 있지만 매장량이 많았고 무엇보다도 가장 필요한 에너지스톤이었다.

'어떻게 땅을 판다?'

이번 땅굴은 어떻게 해도 문제였다.

전에는 산의 중간에 있어 그냥 파고 들어가면 되었다. 하지만 이번 것은 그렇지 않았다.

아주 깊숙이 있었다.

오열은 역시 절벽에서부터 파고 들어가는 것이 좋을 것이라고 여겨졌다.

그곳이 일단 몬스터가 출몰할 확률이 가장 낮았기 때문이다. 그리고 지대가 높아야 파낸 흙을 처리하기도 편했다.

오열은 네오23을 켜 적당한 높이로 날아올라 에너지소드를 꺼내 메탈사이퍼를 사용하였다.

붉은 검기가 넘실거리자 오열은 지체하지 않고 바위들을 잘라내기 시작했다.

이렇게 안으로 2미터를 파고들고부터는 그때부터 화약을 사용하기 시작했다.

그는 한 시간마다 폭약을 터뜨렸다.

그때마다 2m의 동굴이 뻥 뚫렸다.

그 모습을 보고 아바타들은 입을 벌리고 감탄을 하였다.

그들은 왜 한국 우주 탐사대가 오열에게 그렇게 저자세를 보이며 부탁을 했는지 이해가 되었다.

이렇게 화약을 자유자재로 다루다니!

보고 있어도 놀라울 뿐이었다.

화약을 10분 간격으로 터뜨릴 수도 있었지만 1시간 간격으로 한 것은 나중을 위해서였다.

그는 땅을 파면 구토와 멀미증상이 나타나기에 썩 내키지도 않았다.

에너지스톤은 희한하게도 바위가 많은 암반지대에 자리 잡고 있었다. 그래서 채굴하기 힘들었다.

오열은 10명의 아바타가 흙과 바위덩어리를 나르는 모습을 보고 일이 생각보다 쉬워질 것이라고 여겨졌다.

그리고 그들은 언제 가져왔는지 수레를 꺼내 나르기 시작하더니 순식간에 치우기 시작한 것이다.

작업이 어느 정도 진행되자 레일을 깔기 시작했다.

"뭡니까?"

"아, 언제까지 힘으로 할 수 없지 않겠습니까? 다만 철이 부족하여 레일을 나무로 만들었습니다."

오열은 고개를 끄덕였다.

나무를 자르기에 땔감으로 쓸 요량인 줄 알았더니 그새 나무를 잘라 말리고 그 나무 위에 강화용 스프레이를 뿌렸다.

그러자 나무가 철처럼 단단해졌다.

"철로 만든 레일보다는 약합니다. 자주 교체를 해줘야 하고 습기에도 약해서 지속적인 관리가 필요하지만 손으로 수레를 끄는 것보다는 나을 것입니다."

오열은 왕소윤 소령의 말을 듣고 고개를 끄덕였다.

쉴 때보니 수레는 저절로 움직였다.

아바타가 옆에서 방향만 잠시 잡아주고 할 뿐이었다. 역시 기계의 힘을 빌리는 것이 효율성 면에서 좋았다.

'젠장, 일을 더럽게 쉽게 하네.'

오열은 투덜거리며 동굴 밖으로 나와 울창한 나무숲을 바라보았다.

이곳의 나무는 대부분 수십 미터씩 자란다.

크고 길쭉한 나무로 이루어진 울창한 숲을 보고 있노라면 바람결에 파도 소리가 들려오는 착각을 느끼게 하였다.

이곳은 마나가 말도 할 수 없을 정도로 풍부했다.

오열은 처음에는 동굴 밖으로 나와 쉬다가 나중에는 마나 심법을 했다.

그 모습을 아바타들이 보며 웃었다.

어차피 땅을 파는 것은 오열이었기에 그들로서는 묵묵히 있었다.

오열은 레일을 보며 조금 더 가파르게 파고들어도 될 것 같다는 느낌이 들었다.

어차피 아바타의 힘으로 나르는 것이 아니라면 굳이 그들을 배려해 줄 필요가 없었다.

지금이야 시작한 지가 얼마 되지 않아 흙을 치우는 속도가 빠를 뿐이지 나중에 가면은 흙을 나르는 것에 대부분의 시간을 소비해야 한다.

오열은 땅을 처음 팠을 때에는 마지막에는 하루에 1미터밖에 전진하지 못했던 기억을 상기했다.

그때나 지금이나 화약으로 굴을 파는 것은 똑같았다.

"이거 생각보다 더 쉽겠네."

오열은 미소를 지으며 화약을 설치했다.

푸시식.

오열은 화약이 제대로 터진 것을 확인하고 그대로 걸어 나왔다.

이제부터는 그의 일이 아니기 때문이다.

'이래서 백짓장도 맞들면 낫다는 말이 있구나.'

이번에 일을 하는 것은 용병들과 함께했을 때보다도 훨씬 편했다.

아바타들이 하는 일이라고는 레일을 교체하고 관리하는 일이 다였다.

20㎞를 파고 내려왔을 때에는 수레가 8개로 늘었다.

오열은 그 모습을 보고 허탈하기까지 했다.

예전처럼 완만하게 돌아서 파내려왔다면 거의 50㎞에 가까운 거리를 작업해야 했다.

"이제 거의 다 팠군요."

나윤중 소령이 기계에 잡히는 신호를 보며 말했다.

"그렇지요. 뭐 그래도 달라지는 것은 없습니다."

"생각보다 일이 쉬워서 다행입니다."

"그렇죠. 제가 처음 땅을 팠을 때에는 혼자서 수레를 끌었는데 그때와 비교하면 지금은 거의 노는 수준입니다."

"하하, 정말 믿을 수가 없군요. 이런 것을 어떻게 혼자 합니까?'

"그래서 지금은 땅만 파도 구토가 나옵니다."

"하하하, 저라도 그랬을 것입니다."

오열은 무사히 에너지스톤을 채취했다. 양이 많아 이철수 대령이 굉장히 좋아했다.

오열도 흐뭇하기는 마찬가지였다.

완제품의 20%는 그의 몫이었기 때문이다.

생각해 보니 혼자 하는 것보다 일이 훨씬 쉽고 효율성도 높았다.

혼자 팠다면 이번에는 거의 1년은 걸렸을 것이다.

오열은 행복했다.

무엇 하나 부족함이 없을 정도로 만족스러운 나날이었다.

그러는 사이에 시간은 흘렀다.

반면 오스만 왕국과 바티안 왕국의 전쟁은 갈수록 치열해졌다.

전쟁이 길어지면서 오스만 왕국은 황폐화되었다.

전쟁터가 되어버린 오스만 왕국은 브로도스가 예측한 대로 정쟁이 전쟁 중에도 계속되었던 것이다.

아만다와 오열은 하늘에서 펄럭이는 눈을 바라보며 근심 어린 표정으로 이야기를 나누고 있었다.

오스만 왕국은 아만다의 조국이었다. 그녀의 부모와 할아버지가 페테에 머물고 있었다.

"우리 어떻게 되나요?"

"글쎄. 모든 것은 흘러가겠지. 우리 같은 평범한 사람들은 역사의 흐름을 바꿀 수 없어. 그냥 지켜볼 수밖에 없어."

"불안해요."

오열은 불안해하는 아만다의 어깨를 잡고 다독였다.

눈이 바람에 휘날려왔다.

그리고 펄펄 내리는 눈이 땅에 소담스럽게 쌓이기 시작

했다.

* * *

오열은 저녁에 접속을 하려고 낮에 쉬고 있었다.

오랜만에 거실에서 커피를 마시고 있는데 어두침침한 하늘이 마음에 들지 않았다.

비라도 쏟아질 후줄근한 날씨였다.

그때 갑자기 바닥이 흔들렸다.

미세한 느낌이지만 뭔가가 다가오거나 일어나고 있었다. 오열은 이상한 느낌이 들었다.

'뭐지?'

지진일 수 있었다.

과거 100년 동안 크고 작은 지진이 한반도에서도 일어나 건물이 무너지고 사람들이 죽은 일도 제법 있었다.

그래서 사람들은 이런 미세한 지진에는 제법 익숙했다.

그런데 오열은 오늘은 뭐가 다르다는 것을 느꼈다.

이 울림은 점점 가까워 오고 있었다.

매우 느린 속도였다. 지진은 이렇지가 않았다.

크아앙.

몬스터의 울부짖음이 저 멀리에서부터 들려왔다.

귀를 기울이자 사람들의 비명 소리도 있었다.

오열은 본능적으로 창고에서 아머와 무기를 꺼내 착용하고 밖으로 나왔다.

눈을 들어보니 저 멀리 몬스터 한 마리가 날 뛰고 있었다.

"와우, 더럽게 크네!"

오열은 아파트 10층에 육박하는 귀엽게 생긴 곰돌이를 바라보았다.

생긴 것은 테디베어처럼 귀여운 얼굴이지만 움직일 때마다 집이 부서지고 사람들이 죽어나갔다.

오열은 한참 뛰어가다가 멈췄다.

습관적으로 뛰어가다가 생각해 보니 자신 혼자 뭘 할 수 있겠는가 하는 생각이 들었기 때문이었다.

"하아~"

오열은 돌아와 창고를 뒤졌다.

혹시나 해서 포탈로 보내었던 장비들을 뒤졌다. 크고 작은 병들이 보인다.

"하아~ 그런데 어떻게 저것들을 사용한단 말인가?"

오열은 마취제와 화약 등을 바라보았다.

지구에서는 몬스터 사냥이 쉽기에 스피드 건과 같은 무기를 구비해 놓고 있지 않았다.

더욱이 지금은 HP를 충전하는 배터리마저 없어 어떻게 할 방법이 없어 보였다.

힐러도 없이 혼자 뭘 하겠는가.

오열은 밖으로 나와 무너지는 건물들과 도망가는 사람들을 멍하게 바라볼 뿐이었다.

지금은 용을 빼는 재주가 없다.

그때 머리 위로 전투기 3대가 지나갔다. 그리고 전투기에서 미사일이 날아갔다.

펑하는 소리와 함께 몬스터가 기우뚱하기는 했지만 끄떡없었다.

"헐~ 대박이다."

몬스터는 미사일의 공격에도 온전했다.

미사일이 다시 날아갔다. 그러자 이번에는 몬스터의 몸에서 푸른빛이 어리더니 미사일 터졌다.

하지만 몬스터는 조금의 타격을 받지 않았다.

오열은 눈에 힘을 주어 바라보았다.

그제야 몬스터를 보니 몬스터가 재래식 무기에 강하다는 것이 생각났다.

아마도 전투기가 출동한 것은 아마도 시간을 끌기 위한 것이리라.

"뭐지?"

오열은 그동안 아바타에 접속하느라 정신이 없었다.

그래서 이 땅에 나타난 몬스터가 얼마나 강한지, 또 어떤 특성을 가지고 있는지 아는 것이 없었다.

더욱이 그는 이 땅에서 사냥의 메리트를 느낄 수가 없었다.

아바타로 틈틈이 사냥하는 것이 훨씬 효율적이었기 때문이다.

그제야 PMC의 이동건 팀장이 자신에게 한 말이 기억났다.

"몬스터들이 더 강해졌습니다."

몬스터가 얼마나 강해졌기에 이동건 팀장이 그런 말을 하며 은근하게 장비를 구할 것을 권유했겠는가.

지금 착용하고 있는 아머와 에너지소드가 그때 원가에 산 것이다.

'아, 난 이곳 사람이 아니구나.'

어떻게 자신이 이렇게 모르고 살 수 있었을까 하는 후회가 밀려왔다.

그는 몬스터를 상대하는 전투기가 물러나는 것을 보았다.

마침내 메탈사이퍼들이 도착한 모양이었다.

그때부터는 몬스터가 날뛰지 못하고 뒤로 몰리기 시작했다.

몬스터가 진화를 하면 인간도 진화한다.

오열은 문득 300년 전에 쓰인 파울로 코엘료의 '연금술사'
라는 책의 한 구절이 생각났다.

결정이란 단지 시작일 뿐이다.

운명의 이끌림이 마치 영원의 왕 멜리세덱의 우림과 툼밈
이 그에게 하늘의 별처럼 내려와 길을 비쳐주는 것 같았다.
　'나는 연금술사다'

＊　　　＊　　　＊

오열은 현실에서 마주친 거대 몬스터로 인해 큰 충격을 받
았다.

그것은 자신이 존재하는 현실에 대해 어떻게 그렇게 무심
할 수 있었는지가 이해되지 않았던 탓이다.

원래는 현실 세계를 위해 아바타에 접속했다. 하지만 지금
은 삶의 중심이 아바타가 되어버렸다.

주객의 전도.

오늘 있었던 일을 차분하게 생각해 보니 몬스터는 생각보
다 강했다.

지금 거대 길드가 몬스터를 제대로 통제하지 못하고 있

었다.

한숨이 저절로 나왔다.

이는 안전과 생명과 관련된 중요한 사안이었다.

오열은 답답한 마음에 TV를 켰다.

마침 뉴스가 나왔다.

─속보입니다. 00지역에 오늘 18미터의 거대 몬스터 야골리언이 나타났습니다. 외모는 귀여운 테디베어처럼 생긴 이 몬스터에게 당한 사상자가 무려 102명에 이릅니다. 그중에 21명이 사망을 하였고 중상자가 많아 앞으로도 사망자의 수가 늘어날 것으로 보입니다. 최근 들어서 몬스터가 도심을 습격한 것이 이번이 7번째입니다. 이로써 강해진 몬스터를 메탈 사이퍼들이 제대로 통제하지 못하고 있는 것으로 드러났습니다. 야당은 연일 이런 일로 집권당을 공격하고 있습니다. 또한 이 일은 이철 국왕 전하의 입지도 약화시키고 있습니다. 지난번 북한에서 발생한 몬스터의 난동으로 인해 김두영 북한 총리가 책임 있는 조치를 취해 달라고 이철 국왕 전하께 정식으로 요청하기도 했습니다. 이상으로 이진한 기자입니다

북한과 남한은 백 년 전에 통일이 되었지만 하나의 나라, 두 개의 정부의 형태를 취하고 있고 최고 통수권은 국왕에게

있었다.

다시 화면이 바뀌었다.

오열은 흥미롭게 TV화면을 바라보았다.

—몬스터들이 강해진 것만큼 메탈사이퍼들이 강해지지 못한 것이 가장 큰 문제입니다. 그리고 몬스터를 전문적으로 관리 감시하는 조직이 새로 필요합니다. 미리 몬스터의 난동을 예측하지 못하면 강해진 몬스터로 인한 피해가 날이 갈수록 눈덩이처럼 증가할 것입니다.

몬스터 학자이자 미래연구소 소장인 이칠삼의 말이었다.

오열은 이칠삼의 말에 고개가 저절로 끄덕여졌다.

오늘도 미리 예측만 할 수 있었다면 피해를 당하지 않고도 몬스터를 퇴치할 수 있었을 것이다.

아직까지는 몬스터를 메탈사이퍼들이 제압을 할 수 있으니 말이다.

'하아~ 나는 이 사실을 지금까지 어떻게 모를 수가 있었지? 이번이 7번째로 나타난 몬스터라고 하던데.'

오열은 머리가 지근거렸다.

사랑에 눈이 멀고 귀가 닫혔다.

아바타가 아무리 소중해도 본체가 아니다.

오열은 무엇인가 결정을 해야 할 때가 다가오고 있다는 것을 느끼자 슬퍼졌다.

오늘 처음으로 몬스터를 보았을 때 당황스러움과 알 수 없는 두려움을 느꼈다.

그것은 몬스터가 무서워서가 결코 아니었다.

불안의 근원은 알지 못하는 미래였다.

오늘도 지근거리에서 거대 몬스터가 나타나지 않았다면 세계가 변한 사실을 알지 못했을 것이다.

'그동안 나는 완전하게 고립되어 있었구나.'

오열은 나직하게 한숨을 내쉬었다.

힘을 주자 단전에 뜨거운 기운이 돌기 시작했다. 쥐고 있던 숟가락이 순간 흐물흐물해졌다.

현실에서 확실히 강해지기는 했다.

이전보다 힘이 몇 배는 강해졌고 민첩함도 말할 수 없이 늘었다.

오열은 정체성의 혼란을 느끼고 있었다.

자신이 아바타인지 아바타가 자신인지.

하지만 어떻게 할 수 없다는 것을 느꼈다.

그는 무엇을 깨달아도 그것을 행동으로 옮길 수 있는 상황이 아니었다.

　　　　*　　　　*　　　　*

　　오열은 PMC에 연락을 해서 HP충전기를 만들어줄 것을 부탁하였다.

　　PMC와는 광물 채취의 문제 때문에 그 어느 때보다 긴밀한 유대감을 가지고 있어 이런 부탁은 어렵지 않았다.

　　그는 자신의 안전이나 능력을 업그레이드하는 데에는 돈을 아끼지 않는 성격이다.

　　생존과 관계되는 것들이니 말이다.

　　오열은 오후에 접속하여 아만다를 만났다.

　　아만다는 불안해하고 있었다.

　　오열은 그것을 단지 전쟁이 가져다주는 압박감이라고 단순하게 치부했다.

　　손안에 든 꽃이라고 그녀의 감정에 소홀했다.

　　왜냐하면 그는 지금 몹시도 혼란스럽기 때문이다.

　　그는 수년 동안을 오직 아바타만 접속하며 살았다.

　　아만다를 사랑하고 이곳의 삶을 즐겼고 그중에서 적지 않은 시간을 땅을 파는데 보냈다.

　　이것은 그가 원하는 삶의 방향이 아니었다.

　　아만다는 오열이 무엇인가 달라졌다는 것이 느껴졌다.

　　여전히 다정하게 대해주지만 선연한 그 무엇이 있었다.

그러자 그동안 이상했던 것들이 생각나기 시작했다.

너무 잦은 외출과 갑자기 사라졌다가 갑자기 나타나는 것 등 모두가 이상했다.

한번 의심하자 고양이의 발톱처럼 그녀의 촉수가 날카롭게 사방으로 펼쳐졌다.

'흥, 나에게 못되게만 해봐라. 할퀴어줄 거야!'

아만다가 오열을 째려보았지만 생각이 많은 그는 전혀 눈치를 채지 못했다.

"이럴 때 임신이라도 했어야 하는데……."

"뭐. 뭐?"

"아냐, 아무것도."

오열은 아만다가 하는 말이 임신 어쩌고 하는 것 같았는데 그게 가능하지 않다는 것을 알고 있다.

자신은 씨 없는 수박이다.

아직 결혼도 하지 않은 두 사람은 서로 원하는 바가 달랐다.

서로를 갈망하였지만 함께하는 것은 이루어질 수 없는 꿈이었다.

하나가 가짜이기 때문이다.

이번 겨울은 유난히 혹독하게 추웠다.

전쟁의 소용돌이에 말려든 오스만 왕국은 피폐해질 대로

피폐해졌다.

페테는 아직 안정권이지만 물가는 말도 못할 정도로 폭등한 지 오래다.

시절이 수상하여 제프를 비롯한 용병들은 몸을 바짝 낮게 엎드렸다.

그들은 전쟁에 참여하기에는 너무 부자가 되었다.

전쟁과 같은 위험한 일에는 절대로 나서고 싶지 않았던 것이다.

전쟁은 용병들이 가장 꺼리는 일이다. 용병들이 전쟁에 참가하는 경우 대부분 죽는다.

게다가 올해는 눈도 많이 내렸다.

혹독한 추위에 눈까지 많이 내리니 백성들이 고달팠다.

벌써 2년째 전쟁이 계속되고 있었다.

"자기, 이야기 좀 해."

"응. 그래."

오열은 고양이 눈처럼 변한 아만다를 보고 움찔했다. 그녀의 이런 모습은 처음이었다.

"뭔가 있지?"

"아냐. 그냥 요즘 괜히 기분이 우울해서."

"내가 싫증나서 그런 것이 아니고?"

"아, 아냐. 무슨 내가 너에게 하는 거 봐. 싫증날 사람이 할 행동인가?"

오열의 말에 아만다의 표정이 조금 풀어졌다.

그는 여전히 자신에게 다정하게 대해주고 자잘한 것까지 챙겨주고 있다.

부모님이 이곳으로 오는 동안에는 용병들을 고용하여 편하게 오시게 만들었다.

그리고 이 전쟁 기간에 어디서 어떻게 구했는지 항상 맛있는 것을 먹게 해줬다.

하지만 오늘은 왠지 알 수 없는 불안감에 그녀는 초조하게 만들었다.

오열은 여자의 놀라운 직감에 놀랐지만 그렇다고 사실대로 말할 수는 없었다.

비밀을 말해서 되는 것이 있고 아닌 것이 있다.

그녀에게 자신은 가짜이며 사실은 아바타라고 말할 수는 없었다.

어떤 때는 현실을 인식하는 것 자체가 고통스러울 때가 있다.

하지만 가장 중요한 것은 '지금'이다.

생명은 우리가 살고 있는 오직 이 순간에만 영원하다.

소설 '연금술사'에서 낙타몰이꾼이 주인공 산티아고에게 한 말이다.

생명은 미래에도 여전히 살아갈 수는 있지만 지금은 아니다.

지금이 중요하다.

오열은 집을 나와 미친 듯이 뛰었다. 그러다가 몸을 공중에 띄웠다.

단전에서 뜨거운 열기가 올라와 몸이 가벼워지며 바람처럼 달리기 시작했다.

"네오23 파워 온!"

달리는 와중에 부스터가 켜졌다.

날개가 돋아났고 몸은 하늘로 솟구쳤다. 그리고 그는 새처럼 비행하기 시작했다.

어둠의 숲이 보이고 나무들과 바위와 절벽이 순식간에 눈앞으로 다가왔다 사라졌다.

오열은 내공과 메탈사이퍼에너지가 합쳐지면 질수록, 그리고 수련이 깊어지면 질수록 더 빠르게 하늘을 날 수 있게 되었다.

부스터의 전원은 에너지스톤이지만 사이퍼에너지가 없으면 움직이지 않는다.

각성자들을 위한 맞춤형 장비이기 때문이다.

그런데 오열의 사이퍼에너지가 강해지니 장비의 성능도 따라서 좋아지고 있었다.

저 멀리 우주 함선이 보였다. 둥그런 달걀처럼 타원형으로 생겼다.

그 사이로 나무들이 섞어 있었고 부서진 동체의 일부는 아직도 수리 못한 채 그대로 놓여 있었다.

오열은 비행을 멈추고 내려와 우주 함선에 들어갔다.

"안녕하세요?"

"안녕하세요."

오열은 한국군 요원들을 보며 인사를 나눴다. 이철수 대령이 오열을 반갑게 맞이했다.

"하하하, 오늘은 또 무슨 바람이 불었기에 왔는가?"

"잘 지내셨습니까?"

"나야, 뭐 이 우주선에서 잘 지낼 일도 없고 그렇다고 못 지낼 이유도 없지. 자네만 하겠는가?"

"오늘은 부탁이 있어서 왔습니다."

"호오, 자네가 부탁이라는 말을 쓰니 은근히 겁이 나는군 그래."

이철수 대령이 사람 좋은 웃음을 지었다. 오열도 그런 그를 보며 예의상 웃음을 머금었다.

"제게 있는 모나베라 광석으로 메탈아머를 만들어주실 수 있습니까?"

"아니, 그것은 왜? 지금 착용하고 있는 그 아머도 여기서 쓰기에는 괜찮은 것 같은데."

"지구에서 사용할까 합니다. 모나베헴 합금을 다룰 수 있는 메탈 드워프들이 지구에는 없지 않습니까?"

"그렇긴 하지. 모나베헴 합금은 이곳에만 있는 희귀 금속이니. 게다가 그것으로 만드는 장비의 성능은 무시무시하지."

"그래서 부탁드리는 것입니다."

"그 정도로 지구의 몬스터가 강한가?"

"제가 사는 집 근처에서 나타난 몬스터가 아파트 10층 정도의 크기였습니다."

"허어, 몬스터가 도심으로 나왔단 말인가?"

"네."

"그쪽이 조금 문제가 있다는 말을 듣기는 했지만 그 정도일 줄은 몰랐네. 광석을 가져다주면 만들어주겠네. 그게 뭐 어렵겠나?"

"감사합니다."

"하하, 나만 믿으라고. 미끈한 미인으로 뽑아줄 터이니."

"감사합니다."

악어와 악어새가 같이 웃었다.

둘은 그럴 수밖에 없는 사이가 되어버린 지 오래였다.

이철수 대령은 오열에게 모나베라 광석뿐만 아니라 마나석과 미스넬도 요구했다.

오열은 의아한 생각이 들었지만 어디에 필요한지는 묻지 않았다.

그가 자기만 믿으라고 말하지 않았는가.

그만큼 자신이 있다는 말이었으니 오열은 그 일에 신경을 껐다.

오열은 메탈아머의 만들기 위해 인체스캔을 했다.

어지간한 아머를 만들 때에는 하지 않던 일이었다.

지금 사용하고 있는 아머들은 모양은 별로 예쁘지 않지만 신축성이 좋아 대체로 착용자의 신체에 맞게 설계되어 있었다.

오열은 단지 '이상하군' 하고 지나갔다.

*　　　　*　　　　*

오열은 몬스터 사냥을 떠났다.

혼란스러운 마음을 다잡기 위해서였다.

그는 이제까지 사람들이 살아가듯 그 자신도 평범하게 살아가고 있다고 생각했다.

몬스터의 숲에 서 있자 바람결에 꽃향기가 진하게 났다.

이런 곳에 꽃이라니, 하고 웃어넘길 수 있겠지만 너무나 향기로웠다.

이렇게 아름답고 멋진 곳을 오직 몬스터만 볼 수 있다는 것이 조금은 아쉬웠다.

하지만 몬스터는 야만스럽고 무자비하지만 그렇다고 자연을 파괴하지는 않는다. 인간만이 자연을 파괴하고 정복하려고 한다.

"하아~

오열은 낮은 한숨을 내쉬었다.

햇살이 눈부시게 피어올랐다.

마치 아침안개가 사방으로 퍼지듯 햇살이 공기처럼, 바람처럼 그 어디에나 반짝이는 빛들을 퍼뜨리고 있었다.

"웬 한숨?"

오열은 고개를 돌렸다.

그녀였다.

언제나처럼 투명한 햇살을 등지고 살짝 미소를 짓고 있었다.

사뿐.

제법 높은 나무의 가지에 앉아 있던 그녀가 공기처럼 사뿐하게 착지했다.

오열은 평소와 다르게 그녀를 만난 것이 반가웠다.

괴로운 마음 때문인지 모르지만 같은 아바타인 엘리자베스가 예전보다 가깝게 느껴졌다.

어쩌면 그녀의 환하게 웃는 모습 때문이었는지도 몰랐다.

"오래간만이에요."

"네, 반갑습니다. 엘리자베스 님."

오열의 말에 이영의 입꼬리가 위로 올라갔다.

그녀는 일이 바빠지자 접속하는 시간이 줄어들었다.

그녀는 경호원들과 시간을 맞출 수 없게 되면서 이곳에서 혼자 몬스터 사냥을 하곤 했다

한 나라의 공주인 그녀가 경호원도 없이 이 위험한 곳에 있을 수 있는 이유는 그녀가 아바타였기에 가능하였다.

"고민이 있군요?"

"헉!"

오열은 자신의 얼굴을 보자마자 마치 마음을 들여다본 것처럼 말하는 이영을 보며 놀랐다.

반면 그녀는 아직도 자신을 못 알아보는 그가 신기했다.

한국의 공주, 이영. 그녀의 신분이다.

어떻게 모를 수 있는가.

이제는 제법 언론에 많이 노출되었기에 자신을 알아보는 어린아이들도 제법 있었다.

"호호, 얼굴에 다 써 있어요. 나 고민 무지 많음, 이렇게 요."

"아, 그렇군요."

오열은 얼굴에 자신의 마음이 드러난다는 말을 오늘 처음 들었다.

그는 다른 사람들과 친하지 않았으니까.

지난 5년 동안은 거의 아바타만 접속하고 살았다. 그러니 다른 사람이 살아가는 이야기라든지 하는 것은 전혀 듣지 못 하였다.

꽃향기와 함께 엘리자베스의 몸에서 사과향이 났다.

아바타라 화장을 하지 않을 터인데 이상하다고 느껴졌다.

"말해봐요."

"뭘요?"

"당신의 고민."

"아, 그게……."

"괜찮아요. 나도 아바타, 당신도 아바타. 아무도 모르죠. 그리고 우리는 현실에서 만날 일도 없잖아요."

"아, 그렇긴 하죠."

오열은 그래도 망설여졌다.

처음 도착해서 3개월을 같이 다닌 것을 제외하고는 그녀와 별로 친하지도 않았다.

가끔 우연히 마주치면 사냥을 같이하곤 했던 것을 빼면 말이다.

하지만 시간이 지나면서 마음이 조금씩 열렸다.

그녀의 말대로 자신은 아바타고, 여기서 말한다고 어떻게 될 확률은 거의 없었다.

"며칠 전에 제가 사는 곳에 몬스터가 나타났었습니다. 전 그동안 쭉 아바타만 접속을 하고 있었지요."

"그래요? 와, 대단하다!"

오열은 엘리자베스의 말을 듣고 부끄러움을 느꼈다.

그녀의 말대로 대단한 것이 아니라 부끄러운 일이다. 어찌 보면 가상현실게임에 중독된 것이나 마찬가지였다.

"그러다 보니 어느 게 나인지 헷갈릴 때가 있더군요."

"아, 나도 그럴 때가 가끔 있었는데. 당신은 그게 더 심각한 것이군요."

"네, 그렇습니다."

산들거리는 바람이 지나갔다. 그러자 또다시 꽃향기가 바람결에 실려 왔다.

이곳은 몬스터만 없다면 동화 속처럼 아름다운 곳이다.

게다가 눈앞의 여자는 그림처럼 아름답지 않은가.

웃지 않을 때의 창백한 표정은 남자의 보호본능을 불러일으킬 정도다.

하지만 오열은 눈앞의 이 가냘픈 여자가 자신보다 훨씬 강하다는 것을 알고 있다.

"당신은 중독된 거군요."

"중독요?"

"게임중독처럼요."

"아, 그럴지도 모르죠. 너무 이곳이 자연스러워졌고 이곳이 좋아졌어요."

"그렇죠. 이곳은 현실이니까요. 자신을 잃어버리면 이곳은 정말 현실이 되죠. 그런데 당신은 사랑에 빠졌군요."

오열은 이영의 말에 뜨끔했다.

들키고 싶지 않은 비밀 같은 것이 밝은 곳에 드러난 느낌이었다.

왜 그런 느낌인지는 알 수 없었다.

오열이 가만히 입을 다물고 있자 이영은 장난꾸러기 같은 미소를 지었다.

"당연히 그녀는 아름답고 사랑스럽겠죠?"

"……."

오열은 대답할 수 없었다.

들키기 싫은 비밀 같은 것이 까발려진 느낌이었다.

그렇다고 아주 싫다거나 끔찍한 것은 아니었다.

호감을 가진 이성에게 자신의 본모습을 들킨 심정 정도였다.

아만다를 사랑하고 있지만 이영의 모습은 정말 매력적이었다.

"호, 정말이군요. 당신, 축하해요. 어쨌든 누군가를 사랑하는 것은 좋은 일이에요."

"아, 뭐."

오열은 멋쩍어지자 멀리 있는 산을 바라보았다.

점점이 다가오는 하얀 구름이 보였다. 구름은 양의 머리처럼 생겼다.

"뭐든 적당히."

"네?"

"사람은 중용을 지켜야 돼요. 오른쪽으로, 또는 왼쪽으로 치우치면 제대로 걸을 수 없어요. 과유불급. 지나치면 모자란 것보다 못해요."

"그렇군요. 그런데 치우치지 않는 것은 생각보다 힘이 듭니다."

"맞아요. 항상 그렇죠. 우리 인간은 나약한 존재이니까요."

이영은 말을 하고 나직하게 한숨을 내쉬었다.

누구보다도 중용의 도를 일찍 배웠다.

왕가에 태어났기에 모든 백성을 공정하게 대하는 법을 배웠다.

현대의 왕이란 권리보다 의무가 더 많은 자리였다. 중세시대의 왕처럼 절대권력을 휘두를 수는 없다.

오열은 이영과 이야기를 하면서 마음이 편해지는 것을 느꼈다.

그것은 그동안 뭉쳐 있던 것이 한꺼번에 풀려 버린 그런 느낌이었다.

둘은 오랜만에 같이 몬스터 사냥을 했다.

딱히 몬스터 사냥을 하겠다고 나선 것은 아니었지만 하다 보니 재미가 들려 계속했던 것이다.

오열은 핏빛처럼 붉어오는 노을을 바라보았다.

섬뜩하면서도 아름다웠다.

모닥불에는 양고기가 지글지글 익고 있었다.

노랗게 익은 바비큐를 보고 이영이 입맛을 다셨다.

그녀와 사냥을 할 때는 오열이 항상 음식을 했었다. 오랜만에 만났지만 처음 설정되었던 그 관계는 변하지 않고 있었다.

"뭐하시는 분이세요?"

오열의 말에 고기를 입안 가득 베어 물던 이영의 입이 갑자기 멈췄다. 그리고 정말 모르는가 하는 표정으로 오열을 바라보았다.

"저, 모르세요?"

"아, 죄송합니다. 제가 TV를 잘 안 봐서요."

"아……."

"혹시 연예인이세요?"

"연예인. 푸하하하."

이영이 배를 잡고 웃었다.

그 모습을 보고 오열은 자신이 잘못 짐작한 것으로 생각했다.

"뭐 비슷해요. 가끔 대중 앞에 나서기도 하니까요."

"아, 네."

이열은 더 이상 묻지 않았다.

엘리자베스가 말하는 것을 꺼려하는 것으로 보였기 때문이다.

사실 이영은 말하기 곤란했다.

상대 바로 앞에서 '모르셨어요? 나 공주 이영이에요' 해봤자 모양이 안 난다.

모르고 있는 상대에게 그것은 그다지 하고 싶지 않은 말이었다.

그리고 자신을 모르는 사람을 만나는 것에 작은 자유를 느꼈다.

"저는 그냥 백수였다가 연금술사로 각성하였습니다. 지구에서는 몬스터 파티 사냥을 구걸하다가 운이 좋아 아바타까지 만들었죠. 다음은 엘리자베스 님도 아는 내용입니다. 처음 만난 파티원이 몬스터에게 전멸을 당할 때 도망쳤죠. 사실 그 놈들에게 무시를 많이 받았었거든요. 도망가는 것이 하나도 부끄럽지 않았습니다."

"무시를 당해요? 아니, 왜요?"

"연금술사라고 밝혔더니 그때부터 대놓고 무시를 하더군요. 어쨌든 그렇게 되었습니다. 그리고 나서 저는 이곳에 광물이 많아 정부의 요청에 따라 몇 번 캐주었습니다."

"아, 연금술사가 땅도 파나요?"

"네, 화약을 다룰 수 있거든요. 물론 광부만큼은 못 파지만 화약과 금속을 다루는 것은 굉장히 쉬워요. 농구선수가 골대 안으로 공을 집어넣는 것이 쉽듯이 연금술사는 자연적으로 그렇게 되요."

"아, 그러면 지금의 아바타도 땅을 파서 만든 것이에요?"

"네, 혼자 죽으라고 땅을 팠죠. 이걸 만들기 위해 7개월 동안 땅만 팠어요."

"헐~ 대박이다. ……7개월 동안 땅만 파셨어요?"

"네, 그래서 지금은 땅을 팔 때는 울렁증과 구토가 나와요."

"아하하. 나 같아도 그러겠어요. 어떻게 7개월 동안 땅만 팠어요?"

"그때는 그럴 수밖에 없었어요. 부족한 능력을 키우기 위해서 무엇이든 해야 하는 상황이었으니까요."

오열과 이영은 며칠을 같이 사냥을 했다.

중간에 이영이 접속을 종료하는 시간이 많았지만 문제는 되지 않았다.

그냥 있으면 같이 사냥하고 아니면 혼자 하면 되었기 때문이다.

오열은 동등한 자격으로 같이 오랜만에 사냥을 하다 보니 이영이 마음에 들었다.

생각보다 털털하고 성격도 까다롭지 않았다. 차가워 보이는 외모는 그냥 겉모습뿐이었다.

때로는 따뜻한 모습을 보여줄 때도 있었다.

그럴 때는 더 호감이 갔다.

이열은 그녀와 사냥을 하면서 생각을 정리했다.

아무리 이곳이 좋아도 이제는 그만둘 때가 되었다고.

'그녀에게 고백하자. 내가 사람이 아니라는 것을.'

오열은 이영과 헤어져 페테의 집으로 돌아왔다.

집으로 돌아와 보니 말할 상황이 안 되었다.

오스만의 수도 나하른이 바티안의 군사들에 의해 마침내 함락을 당했다.

왕은 항복을 선언했고 왕과 귀족들은 처형당했다.

왕과 귀족들은 공평하게 죽었다.

살아생전에 권력 싸움으로 으르렁대더니 갈 때는 사이좋게 한 곳에서 처형을 당한 것이다.

집의 분위기는 오열이 말을 꺼내기도 힘들 정도로 가라앉았다.

오열은 이해했다.

자신이라도 그랬을 것이다.

자신이 살던 조국이 망했는데 기분 좋을 사람이 있을 수 없다.

바티안은 오스만 왕국을 식민지로 만들 생각이었다.

그래서 왕국민을 혹독하게 대했다.

착취, 또 착취.

그동안 혹독했던 그 어떤 귀족보다 그들은 더 혹독했다.

그러자 망한 나라의 백성들이 들고 일어났다. 곳곳에서 저항과 폭동이 끊이질 않았다.

그럴수록 바티안군이 오스만 왕국의 백성들을 대하는 강도는 더 심해졌다.

그렇지 않아도 전쟁 중에 가혹한 행위를 많이 당한 백성들이 이를 갈며 바티안군을 저주했다.

"오열 씨, 부탁이 있어요."

밤하늘이 무릎까지 가깝게 내려온 날 아만다가 입을 열었다.

그녀의 눈에는 두려움과 망설임이 있었다.

"뭐든 말해. 내가 해줄 수 있는 것은 해줄게."

"정말이죠?"

아만다의 눈이 반달로 변했다. 진심으로 기뻐하고 있다는 것이었다.

"그러면 말할게요. 화내지 말아요."

"응."

"우리 오스만을 위해 싸워주면 안 되나요? 당신은 소드마스터잖아요."

오열은 뜻밖의 말에 당황했다.

아만다가 이런 부탁을 해올 줄은 전혀 몰랐다.

하지만 이제 아바타 접속을 자중하려는 그에게 턱없는 부탁이었다.

"아만다. 나는 그렇게 할 수는 없어."

"왜죠?"

"난 이 나라 사람이 아니야. 그리고 내가 이 나라를 위해 전쟁을 참가하지 못하는 개인 사정이 있어."

오열의 말에 아만다가 낙담한 표정을 지었다.

그 모습을 보고 오열은 충격을 받았다.

그가 알고 있는 아만다는 이런 부탁을 할 사람이 아니었다.

"아만다. 당신이 아무리 원해도 그 일은 해줄 수가 없어."

"그러면 당신이 있는 나라로 가고 싶어요."

"그것은……."

"왜 싫은가요?"

"싫은 것은 아니야. 오히려 매우 좋아. 하지만 방법이 없어."

"왜인가요?"

오열은 이참에 자신이 아바타인 것을 고백하려고 마음먹었다.

언젠가는 말해야 할 이야기였다.

그러나 막상 이야기를 하려고 하니 입이 떨어지지 않았다.

"당신이 이 세계의 사람이 아니어서 그런가요?"

오열은 경악했다. 아만다가 어떻게 이 사실을 알았는지 이해가 되지 않았다.

"달링, 완전한 비밀은 없어요. 나 당신을 사랑하는 여자인데 당신이 이상하다는 것을 내가 모를 줄 알았나요?"

"……."

오열은 너무 놀라 입이 벌어지지 않았다.

눈앞이 갑자기 깜깜해졌다. 눈에서 별이 번쩍였다. 현기증이 난 것이다.

"어떻게, 어떻게 그 사실을……?"

"조금만 생각해 보면 알 수 있어요. 불쑥불쑥 사라졌다가 나타나고 하루의 반은 없어지고. 또 이곳에서는 전혀 없는 알 수 없는 물건들을 사용하고."

오열은 아만다가 말하는 것을 그냥 듣고 있었다.

처음에는 오열이 드래곤인 줄 알았다는 것을 들었을 때는 마시고 있던 차를 쏟을 뻔했다.

그리고 그녀가 자신에 대해 아주 많은 시간을 생각했음을 알았다.

오열이 머뭇거리자 아만다의 눈이 고양이처럼 변했다.

"왜 안 되죠?"

"그게, 안 되니까 안 되는 거야."

아만다가 갑자기 오열에게 달려들어 키스를 했다. 그리고 입술을 깨물었다.

"아얏."

"흥, 샘통이다. 몰라요. 난 당신하고 같이 있고 싶어요. 방법을 생각해 봐요."

오열은 자신이 아바타라는 것을 설명했다.

마치 모든 것을 알고 있다는 듯이 말했던 아만다가 오열의 이야기를 듣고 충격을 받았다.

설마 했던 것이 사실로 드러났기 때문이다.

확신에 가까운 짐작과 사실 그 자체는 다르기 때문이다.

7장

붉은 늑대 길드

오열은 아바타에 접속하는 시간을 줄여가기 시작했다.

아만다가 많이 서운해했지만 어쩔 수 없었다. 이제부터 인생을 제대로 살기로 결심했기 때문이다.

'결정은 단지 시작일 뿐이다.'

어느 누구도 결심으로 무엇을 이룰 수는 없지만 결심 없이 무언가를 이루기는 더 힘들다.

오열은 처음으로 몬스터 사냥을 하는 곳에 나가보았다. 가볍게 인터넷으로 검색해서 대략적인 위치만 알고 갔다.

그가 입은 아머는 이철수 대령이 만들어 준 모나베헴 합금으로 만들어진 것이다.

그는 아머뿐만 아니라 에너지소드, HP배터리, 스피드 건을 만들어주었다.

예상보다 훨씬 더 신경을 써준 것에 고마움을 느꼈다.

'모나베헴 합금에 미스넬과 마나석을 섞었네. 이곳의 용어로는 마나의 전도율, 지구의 용어로는 기의 전도율이 좋지. 게다가 신축성도 좋아 도약을 하는데 굉장한 도움이 될 것이야.'

오열은 자신에게 장비를 건네며 자부심으로 가득한 웃음을 터뜨리던 이철수 대령의 모습을 기억했다.

아머는 마치 맵시 있는 옷처럼 가볍고 자연스러웠다.

예전의 두툼한 메탈아머와는 확연히 차이가 난다. 게다가 방어력은 4배가 훨씬 넘었다.

320,000HP.

에너지소드 역시 굉장했다. 이전에 쓰던 검보다 더 가늘고 얇았다.

하지만 공격력은 무려 280,000KP이나 되었다.

그동안의 기술의 진보를 생각한다고 해도 굉장히 놀라운 장비들이었다.

오열은 도봉산으로 올라갔다.

올라가는 도중에 몬스터를 사냥하는 파티가 보이기도 했다.

반대쪽은 원래 산이어야 할 곳에 거대한 구멍이 뚫려 있었고 그 아래에서 아지랑이 같은 연기가 올라오고 있었다.

오열은 던전이 보였다.

던전 앞에서 장비를 점검했다.

연금술로 만든 화살을 따로 챙겨두었다. 장비를 보니 자신감이 생겼다.

에너지소드를 꺼내 메탈에너지를 흘려보냈다.

가볍게 힘을 썼는데도 붉은 검기의 다발이 3m나 뻗어 나왔다.

오열은 그 것을 보고 환하게 웃었다.

이철수 대령이 자신에게 잘 보이기 위해 얼마나 신경을 썼는지 느낌이 왔다.

그렇다고 다시 땅을 팔 생각은 없었다.

이철수 대령뿐만 아니라 PMC의 관계자들도 그를 볼 때마다 부탁을 하곤 했다.

사실 한정된 자원을 4개의 국가가 개발해야 하니 먼저 보는 놈이 임자였다.

그래서 개발할 수 있을 때 서두르고 싶은 것은 당연한 일이었다.

'그래도 땅을 파는 것은 싫어. 돈도 많은데 내가 왜 그걸 해?'

던전을 막는 사람은 없었다. 예전에는 던전 입구에서 길드 원들이 막는 경우가 많았다.

저벅저벅.

발이 동굴 안으로 들어갈수록 소리가 커졌다.

동굴은 예전보다 환했다.

동굴 벽에 박힌 작은 보석들이 자체적으로 빛을 내고 있었다.

보석이기는 하지만 가치는 없는 것들이었다.

햇빛에 반짝이는 모래처럼 아주 작은 것들이 촘촘히 벽에 박혀 있을 뿐이었다.

'저것들이 돈이 될까?'

오열은 에너지소드를 휘둘러 벽에 있는 돌들은 잘라 가방에 넣었다.

혹시 이것들은 큰돈이 될 수 있다. 안 될 확률이 훨씬 높지만 말이다.

던전 안을 가보니 몬스터 한 마리가 튀어나왔다.

예전의 그라면 힘겹게 잡을 몬스터였지만 내공이 생긴 다음이라 어렵지 않게 잡았다.

"쉽네."

오열은 만나는 족족 몬스터를 사냥했다. 그래 봐야 몇 마리 되지는 않았다.

동굴을 따라 앞으로 가니 커다란 광장이 나왔다.

거기서 몬스터 사냥꾼이 힘들게 사냥을 하고 있었다.

몬스터가 다행히 인식 범위가 높지 않은지 안정적인 파티 사냥을 하고 있었다.

다만 몬스터의 체력이 높은지 한 마리를 잡는 데 많은 시간이 걸렸다.

오열은 한쪽 구석에서 자리 잡고 몬스터를 사냥했다.

확실히 지구의 몬스터가 뉴비드 행성의 몬스터보다 훨씬 강했다.

그리고 몬스터의 몸에서 나오는 카오스에너지의 양에도 차이가 났다.

처음에는 그것을 모르고 뉴비드 행성에서 몬스터 사냥을 하는 것을 선호했지만 생명력으로 만들어보니 달랐던 것이다.

당연히 마정석에 담겨 있는 카오스에너지의 양도 달랐다.

그것을 확인해 보니 굳이 아바타를 접속할 이유가 없었다. 마나심법을 할 때를 제외하고는 메리트가 없었다.

'하하, 집에 남아 있던 마정석으로 에너지를 추출해 보았으니 알았지 그렇지 않았다면 색깔이 비슷하다고 같은 등급인 줄 알았을 거야. 나도 그렇게 카오스에너지가 차이가 심하게 나는 것을 몰랐으니.'

오열은 이해가 되었다.

뉴비드 행성에서 몬스터를 잡는 것이 쉬웠다는 것은 그만큼 몬스터가 약했다는 말과 같았다.

몬스터 사냥을 하는 것은 어렵지 않았다.

몬스터가 다가오면 스피드 건으로 마취제가 든 화살로 쏘고 잡으면 무척이나 쉬웠다.

마취제를 쓰지 않는다고 하더라도 어렵지는 않았다.

오열의 검기는 몬스터가 다가오기 전에 발목 부위를 잘라버리고 시작하였다.

하지만 마치 게임에서 몬스터가 리젠하듯이 몬스터의 출몰은 굉장히 빨랐다.

그제야 오열은 왜 거대 길드가 몬스터들을 통제하지 못하는지 알게 되었다.

몬스터가 이전보다 더 많아졌다.

그것이 문제였고 어쩌면 인류에게 닥칠 불안한 점이 될지도 몰랐다.

오열이 몬스터 사냥을 마치고 앉아서 쉬는데 사람들이 다가왔다.

"저, 여기는 저희 자리입니다."

"이게 무슨 소리야?"

오열은 하도 혼자 중얼거리는 버릇이 있어 생각이 얼떨결에 입 밖으로 흘러나왔다.

"어, 말이 짧으시네요."

"그래서? 칠 거냐?"

"이 새끼 또라이 아냐?"

조금 전까지 나름 정중했던 남자의 얼굴이 구겨졌다.

옆에 있던 남자가 참지 못하고 막말이 터져 나왔다.

오열은 피식 웃었다.

예전이라면 몰라도 지금은 아니었다. 이제는 참을 이유가 없었다.

"그럼 하나 물어봅시다. 당신들이 이곳을 PMC로부터 던전을 분양을 받은 것입니까?"

"아니, 그거는 아니지만 관례라는 것이 있는 것 아닙니까?"

아까 말했던 남자가 빠지고 다른 남자가 오열을 상대했다.

이곳에서 혼자 사냥하고 있는 그의 모습이 범상치 않았던 것이다.

이 던전에서 사냥하고 있는 사람들은 모두 거대 길드원들이었다.

거대 길드라 해도 아직은 장비들이 부족하여 던전에서 사냥을 할 수 있는 사람은 많지 않았다.

오열은 이들이 무례하게 행동하지는 않지만 자기 자리라

는 것을 인정할 수 없었다.

과거 힘이 없었을 때라면 몰라도 지금은 아니었다.

힘이 곧 정의라고 믿는 것은 아니지만 그렇다고 예의범절 따위를 지킬 생각은 없었다.

"다른 곳으로 가서 사냥을 하시죠. 이곳은 제가 먼저 왔으니 말입니다."

오열의 말에 길드원들이 화를 냈지만 리더로 보이는 남자가 통제하였다.

그로서도 어떻게 할 도리가 없었다.

힘으로 문제를 해결하자니 이는 PMC의 권위에 도전하는 꼴이 된다. 그렇다고 자리를 양보한다면 길드의 명예가 떨어진다.

오총명은 난감했다.

PMC를 무시하고 힘으로 밀어붙이자니 눈앞의 남자가 풍기는 카리스마가 보통이 아니었다.

하지만 물러나자니 체면이 문제였다.

그러다가 그는 문득 오열이 착용한 아머와 에너지 소드를 보고 두말없이 물러나기로 했다.

남자가 입고 있는 아머가 마치 나는 귀족이라고 말하고 있는 듯 은회색으로 투명하게 빛을 내고 있었고 가슴에는 정교한 용의 문양이 새겨져 있었다.

"오늘 일은 실수를 하시는 것입니다. 저희는 3대 길드에 속하는 가디언스입니다."

오열은 피식 웃었다.

그 누구에게도 무시를 당하지 않겠다고 결심했다.

무시와 멸시를 받지 않으려고 땅을 파고 또 판 것이다.

이제 힘을 가졌으니 무시를 절대로 받아들일 수는 없었다.

단전에서 뜨거운 기운이 온몸을 타고 흘렀다.

가디언스 길드는 자리를 조금 옮겨 사냥을 시작했다.

오열은 몬스터가 나타나면 달려가 붉은 검기를 뽑아 몬스터를 도륙했다.

붉으면서 푸른 검기다발이 마치 살아 있는 생명체 마냥 꿈틀거리며 몬스터의 다리를 베고는 무너져 내리는 몬스터의 목을 잘랐다.

가디언스의 부길마인 오총명은 아까부터 오열이 사냥하는 것을 보았다.

그는 압도적인 실력을 가지고 있었다. 몬스터가 녹아내리고 있었다.

그들 중 그 어떤 사람도 오열과 같은 실력을 가진 사람은 없었다.

'굉장하군. 정말 광오할 만했군.'

그는 자신이 참기를 잘했다고 생각했다.

오늘은 왠지 평소와 다르게 위험신호가 그의 피부를 따끔거리며 경고를 했었다.

불길한 느낌이었다.

그래서 화가 났지만 선선하게 물러났다.

처음 물러났을 때에는 화가 매우 났지만 지금은 속으로 다행이라고 생각이 들 정도였다.

메탈사이퍼들 간에도 다툼은 있다. 그렇다고 하더라도 대부분 무기를 뽑지 않는다.

서로 암묵적인 룰을 만들어 거기에 벗어나지 않는 행동을 한다.

하지만 그것도 새롭게 몬스터가 나타나면서 흐지부지되고 있었다.

이전보다 출몰하는 몬스터의 수가 너무 많아 굳이 서로 경쟁을 할 필요조차 없었던 것이다.

서로 약간만 조심하면 되었다.

그런데 지금은 잘 참았다.

만약 저 남자와 무기를 뽑아 싸운다면 생각만으로 아찔했다.

가디언스 길드원들은 사냥을 멈추고 오열을 바라보았다.

"와, 굉장한데."

"저런 실력자가 있다는 말을 나는 듣지 못했는데."

"하하, 마구탱이가 덤볐다가는 개피 봤겠는데."

마구탱이는 오열에게 또라이라고 화를 냈던 마구혁의 별명이었다.

마구혁이 헛기침을 하고 얼굴을 돌렸다.

그가 보기에도 오열의 몸놀림이 예사롭지 않았던 것이다.

이곳 도봉산구역 제2던전은 난이도가 중급 정도에 불과했다.

그래서 여기에 있는 사람들은 최고의 실력자들은 아니었다.

아무리 그렇다고 하더라도 혼자 사냥할 수 있는 곳은 아니었다.

만약 이것이 현실이 아니고 가상현실게임이라면 이미 한 번 붙었을 것이다.

하지만 몬스터도 상대하기에 벅찬데 같은 메탈사이퍼끼리 문제를 일으킬 수는 없다.

"젠장, 저놈은 도축까지 배운 모양이네."

마구혁이 불평을 했다.

그의 투덜거림대로 메탈사이퍼 가운데서 도축술을 배운 사람은 굉장히 드물었다.

몬스터를 도축하는 것이 쉬워 보이지만 절대 그렇지 않다.

몬스터의 두꺼운 가죽을 벗기는 것이며 뼈를 잘라내는 일은 힘이 있다고 쉽게 할 수 있는 것이 아니었다.

재능이 없으면 아무리 노력해 봐야 소용이 없다.

그게 메탈사이퍼의 한계였다.

오열은 사냥을 마치고 집으로 돌아왔다.

한나절 잡은 몬스터의 부산물이 가방에 가득이다.

특히나 마법사의 가방까지 있어 그 양은 굉장히 많았다.

오열은 지하로 내려가 연금술로 몬스터의 부산물에서 생명력을 뽑아냈다.

"후후, 이제 이곳에서 사냥만 해도 재벌이 되는 것은 시간문제군."

오열은 생명력이 가득한 상자를 바라보았다.

오열은 보관하기 좋게 고체로 만들어 상자에 보관하기로 했다.

아주 약간의 에너지 낭비가 없는 것은 아니었지만 액체 상태로 보관하는 것은 여러 모로 불편했다.

오열은 나직하게 한숨을 내쉬었다. 침대가 유난히 허전해 보였다.

인생은 생각보다 만만찮다. 하지만 용기를 가지고 사는 수밖에 없다.

사랑에 귀를 기울이면 자신의 삶이 무너져 내린다.

결국 어디에 중점을 두느냐의 문제였다.

모두가 힘든 시기에 진입했다.

연애 초기에는 아무것도 보이지 않고 오직 상대만 보인다.

하지만 시간이 지나면 사회와 미래를 염려하게 된다.

과연 이 남자와, 또는 이 여자와 결혼해도 좋을까? 행복할까? 문제는 없을까? 하고.

아만다를 사랑하지만 방법이 없다.

그녀가 지구로 오고 싶다는 말을 했을 때 사실 기뻤다.

하지만 아직 생명체의 포탈은 실험단계이며 성공을 거듭 거두고는 있지만 그렇다고 인간을 대상으로 실험할 수는 없었다.

더 오랜 시간 동안 실험을 거쳐야 한다. 지금은 서로 냉정을 유지하고 현실에 충실할 때였다.

다음 날 오열은 일찍 일어나 던전으로 갔다.

아직 몬스터를 더 상대해 볼 생각이었다.

야골리언이 생각났다.

일명 테디베어로 불리는 그 몬스터는 어제 상대했던 몬스터와는 차원이 달랐다.

던전의 광장에 도착하자 그를 알아보고 일부의 사람이 움직여 자리를 만들어줬다.

오열은 그들에게 고맙다는 인사를 하고 차분하게 사냥을

하기 시작했다.

몬스터는 어디서 마치 기계로 찍어내는 것 같았다.

한참을 사냥하는데 몇몇 무리가 광장 안으로 들어왔다. 그러자 지금까지 사냥을 하고 있던 길드원들이 움찔 놀란다.

'뭐지?'

오열은 새로 나타난 사람들을 바라보았다.

붉은 마크가 가슴에 달린 그들은 광장에 있는 사람들을 보며 피식 웃었다.

"5분 안에 여기를 떠나라. 이제 여기는 우리 붉은 늑대가 접수한다."

그의 말에 사람들이 주춤거렸다. 일행 중 하나가 대표로 나서서 말한다.

"우리는 길드연합의 준수사항을 어기지 않았다. 그런데 당신들은 왜 이곳을 던전을 사유화하려고 하는가?"

"왜냐하면 우리가 붉은 늑대이기 때문이다."

자부심이 가득한 그의 말에 사람들이 분노를 했지만 덤벼들지는 못하였다.

특이하게도 붉은 늑대의 길드원들은 궁사가 많았다.

덤비는 즉시 꼬치구이가 된다.

3대 길드에 속하는 가디언스가 몬스터 사냥을 하고 있는 곳에서 붉은 늑대가 이렇게 행동하는 것은 명백한 시비를 걸려는 의도였다.

오열은 아이들 놀이가 웃겨서 피식 웃었다. 그 모습을 본 남자가 오열을 보며 화를 냈다.

"너 이 새끼 웃었지."

"그래 새꺄. 내 입으로 내가 웃었다. 그것도 네놈에게 허락 받아야 하나?"

"뭐? 이 새끼, 너 이름이 뭐냐?"

"궁금하면 직접 알아봐. 내 이름을 너에게 알려주고 싶지 않아."

"이 새끼가 봐주니 너무 설치는군."

"너님이 나를 안 봐줘도 되거든."

오열은 붉은 늑대 길드원들의 말에 기분이 나빠 생각나는 대로 대답했다.

남자가 화가 나서 오열을 향해 주먹을 휘둘렀다.

오열이 머리를 숙여 피하면서 재빨리 발로 배를 걷어찼다.

거의 자동으로 발에 뜨거운 마나의 기운이 실렸다.

'픽!' 하는 소리와 함께 남자는 3미터나 나가 떨어졌다.

오열은 조금도 지체하지 않고 그대로 달려가 남자의 가슴을 발로 눌렀다.

"컥!"

"여기서 아주 조금만 더 누르면 이 새끼는 디져."

오열의 말에 다가오던 붉은 늑대 길드원들이 멈췄다.

오열은 광기에 사로잡힌 모습으로 붉은 늑대들을 바라보았다.

"꺼져! 능력자로 각성하니 모두 네놈들 세상 같지? 하지만 그거 알아? 능력자끼리의 싸움에는 무기만 사용하지 않으면 처벌이 경미하다는 것. 즉 이 새끼 죽여도 처벌은 미미하다는 거야."

오열의 말에 자존심이 상했는지 왼쪽 끝에 있던 남자가 소리를 질렀다.

"공격하라!"

"그래, 공격해 봐. 새끼들아."

오열은 '미친 새끼!' 라고 속으로 욕을 하며 스피드 건을 들어 방금 명령을 내린 놈을 쏘았다.

화살이 번개처럼 날아가 박혔다.

화살에 맞은 남자가 덜덜 떨다가 몸이 마비되어 그대로 바닥으로 쓰러졌다.

"헉!"

붉은 늑대의 길드원들도 화살을 오열을 향해 겨루었다.

화살이 날아와 오열의 아머에 부딪혔다가 튕겨져 나갔다.

오열의 화살은 몬스터용이었다.

또한 아머의 방어력이 괴물급이라 오열의 갑옷을 화살이

뚫지 못했다.

"헉, 스턴샷이 먹히지 않아."

오열에게 화살을 날린 궁수가 스킬을 사용했는지 튕겨져 나온 화살을 보고 비명을 질렀다.

오열은 발에 힘을 지긋이 주었다.

"크악!"

오열이 발에 힘을 주자 남자가 비명을 지르고 눈을 뒤집고 쓰러졌다.

이미 잔인한 오열의 행동에 공격이 멈추어진 채였다.

오열은 천천히 그들을 향해 다가갔다.

피식 웃으며 붉은 늑대의 힐러로 보이는 여자를 노려보았다.

여차하면 제일 먼저 제거할 대상이었다.

"계속 싸울 거야? 저 새끼 조금 있으면 죽을 거야. 빨리 병원에 데려가지 않으면 말이지. 난 경고했으니 무슨 일이 생기면 책임은 네놈들에게 있다."

오열의 말에 붉은 늑대 길드원들이 쓰러진 남자들을 들쳐 업고 물러났다.

오열은 그들의 모습을 보며 희열을 느꼈다. 알 수 없는 쾌감이 그를 기쁘게 만들었다.

더 이상은 그 어떤 누구에게도 무시를 당하지 않는다.

이것이 그가 새로 결심한 인생을 살아가는 '제1의 원칙'이었다.

오열의 모습을 보고 사람들이 모여 쑥덕였다.

그중 하나가 와서 오열을 걱정해 주는 어투로 붉은 늑대 길드에 대해 말해주었다.

그들은 비록 3대 길드에는 들지 않지만 가장 잔인한 길드 가운데 하나였다.

한마디로 말하면 게릴라전에 특화된 길드였다.

소속 길드원은 많지는 않지만 모두 악발이만 모여 있다고 했다.

"아직까지 죽은 사람은 없었죠?"

"아, 네. 물론이죠. 당연하신 말씀입니다."

남자가 오열의 말에 흠칫 놀라 몸을 작게 부르르 떨기까지 했다.

오열의 눈에 순간 살기가 번들거렸다.

남자가 고개를 숙이고 자신의 자리로 돌아갔다.

아바타로 사람을 죽여 본 경험이 많은 그다.

오열이 그들을 무서워할 것은 없었다.

일단 장비 자체가 그들과 달랐다.

네오23의 부스터를 장착한 그는 어떠한 상황에서도 몸을 피할 수 있기 때문이다.

그리고 내공에 섞인 메탈에너지의 능력은 과히 파괴적일 정도로 강했다.

오열은 그동안 잠을 줄이고 마나심법을 열심히 해서 현실에서 어느 정도 내공을 갖추었다.

하지만 아직도 뉴비드 행성에서 한 것보다 적어 더 발전할 여지가 많이 남았다.

오열과 붉은 늑대 길드와의 질긴 악연이 이렇게 어이없게 만들어졌다.

붉은 늑대 길드.

몬스터가 나타난 후 길드 가운데서 가장 악질적이며 단결이 잘되는 길드였다.

세종병원.

붉은 늑대의 분조위원장인 김영삼은 중환자실에서 숨을 헐떡거리며 누워 있었다.

늑골이 폐를 찔러 조금만 늦었으면 사망했을 것이라고 의사가 말했다. 오는 내내 힐러가 힐을 해줬기에 그나마 이만한 것이다.

힐러의 힐은 거의 무적에 가깝지만 그렇다고 모든 영역에서 그런 것은 아니었다.

외상을 복구하는 데에는 도움을 주지만 완벽하지는 않다.

그래서 메탈사이퍼들은 몬스터로부터 충격을 흡수하기 위해 메탈아머를 착용하는 것이다.

김영삼의 경우는 내장까지 다친 것이라 쉽지 않았다.

중환자실 앞에서 붉은 늑대 길드원들이 모여서 분통을 터뜨렸다.

"그 새끼를 그 자리에서 죽였어야 했는데."

"이제부터 그 새끼를 보면 무조건 척살이다."

"그나저나 영삼이는 어떻게 된데?"

"의사의 말에 의하면 수술 경과는 좋은가 봐. 메탈사이퍼니 일반인과 달리 곧 일어나겠지."

"그런데…… 문제가 있어."

"뭔데?"

"회복이 되도 메탈사이퍼로 활동하지 못하게 될지도 모른데."

"크흑. 가만히 안 두겠어. 그 땅콩 같은 놈!"

길드원들이 화를 내며 모두 복수를 다짐했다.

마진구는 불안한 눈으로 길드원들을 바라보았다.

그는 친구 이초롱의 소개로 들어왔다.

처음에는 친절한 길드원들 덕분이 신이 났었다. 하지만 시간이 지날수록 길드생활에 회의가 들었다.

이들은 모두 실력 있는 메탈사이퍼다.

그것은 의심의 여지가 없다.

하지만 시간이 지나면서 이들이 하는 행동을 보면 볼수록 실망했다.

중2병에 걸린 사람들만 길드에 모아놓은 것 같았다. 오늘도 이유 없이 상대방에게 시비를 걸다 당한 것이다.

'이건 아니야. 붉은 늑대에는 비전이 없어. 적 아니면 아군 둘밖에 없어. 왜 그래야 하지? 몬스터를 사냥하기에도 힘든데 말이야. 메탈사이퍼는 몬스터로부터 인류를 지켜야 하는 사명이 있어. 그런데 왜 같은 능력자들끼리 싸워야 하지?

그는 자신의 불만을 털어놓을 수는 없었다. 그리고 길드 탈퇴도 힘들었다.

길드 탈퇴는 배신자 취급을 받기 때문이다. 그는 진창에 빠진 기분이 들었다.

순식간에 분노와 복수에 대한 다짐으로 세종병원의 복도가 뜨거워졌다.

그때 갑자기 한 사람이 소리쳤다.

"길마님이 오셨다."

"와아!"

복잡했던 복도가 모세의 지팡이에 홍해가 갈라지듯 둘로 나뉘었다.

"어서 오십시오."

"어서 오십시오, 길드장님."

붉은 늑대의 길드 마스터인 장록수는 주변을 둘러보았다.

오면서 이야기를 들었다.

길드가 만들어진 이래 처음 있는 일이었다.

이야기를 듣는 내내 의혹과 의심이 그를 사로잡았었다.

듣기로는 상대는 김영삼을 죽일 의도가 분명히 있었다.

그렇다면 단단한 뒷배가 있든지 아니면 미치광이일 확률이 높았다.

그게 무엇이든 쉽지 않았다.

하지만 이곳 병원에 도착해 보니 길드원들의 눈은 이미 복수로 미쳐 있었다.

'아쉽군. 아쉬워.'

그는 길드원들을 보며 속으로 탄식했다. 분위기가 너무 나빴다.

여기서 만약 자신이 다른 말을 한다면 길드 마스터의 자리에서 쫓겨날 것이다.

"영삼이는 좀 어떤가?"

"목숨에는 지장이 없답니다. 다만 완치된 후에는 메탈사이퍼로 활동하기가 힘들지도 모른다는 담당의사의 말이 있었습니다."

"안타까운 일이군."

그는 그제야 길드원들이 왜 그렇게 분노하는지 알 수 있었
다.

김영삼은 성격이 불같지만 붉은 늑대 길드에서 영향력이
아주 높았다.

적에게는 치가 떨리게 야비한 행동도 서슴지 않고 하지만
길드원들에게는 언제나 다정다감하였으며 어려운 일이 생기
면 자신의 일처럼 나섰다. 그러니 분노하는 길드원들의 심정
이 이해가 되었다.

복수는 평소 붉은 늑대 길드의 지침이었다.

은혜는 잊어도 원한은 잊지 않는다. 무슨 일이 있어도 복수
는 한다.

이것이 붉은 늑대가 존재할 수 있게 하는 유일한 길드의 수
칙이었다.

이 철칙 때문에 붉은 늑대는 다른 길드보다 인원이 적어도
강력한 길드가 될 수 있었던 것이다.

그는 결국 오열을 보면 무조건 척살하라는 명령을 내렸다.

이로써 개인과 길드의 전쟁이 선포되었다.

이제부터 무기를 사용하지 않으면 죽어도 PMC가 상관하
지 않는다.

이것은 과거 수십 년간 몬스터 사냥을 하면서 내려온 불문
율과 같은 것이었다.

8장

분쟁

오열은 집으로 돌아와 마나심법을 펼쳤다. 마나가 몸을 수십 바퀴 돌아 단전에 안착했다.

'흠, 생활 마법은 굉장히 유용하군.'

오열이 배운 마법은 생활 마법이었다.

브로도스가 2서클의 마법사이지만 어지간한 간단한 마법은 마법수식으로 만들어진 마법진과 마나석만 있으면 된다.

마나진은 마나석에 담긴 마나를 마나심법을 펼칠 때 인체에 더 많이 축적될 수 있도록 하는 마법진으로 마나가 없는 지구에서 굉장히 유용하였다.

오열의 능력은 놀랍도록 향상되었다.

그는 이제 무척이나 강해졌다.

하지만 아직은 장비빨이었다.

이철수 대령이 만들어준 모나베헴아머는 HP는 320,000이나 한다.

여러 번 강화를 거듭했던 최고의 아머인 드래곤메탈아머가 72,000HP인 것을 감안하면 모나베헴아머는 거의 유니크한 아이템이다.

게다가 하늘을 날 수 있는 네오23부스터는 어떠한 상황 속에서도 생존할 수 있을 것이라는 자신감을 심어줬다.

그래서 그는 붉은 늑대 길드에 맞설 수 있었다.

또한 아바타를 접속하면서 그의 성격이 변한 것도 있었다.

원래 그는 좀 잔인하고 비열한 성격이 약간 있는 편이었다.

하지만 그는 항상 약자의 입장에 처해 있었기에 그의 성격이 밖으로 드러날 기회가 거의 없었다.

하지만 그가 강해지면서 이런 성격이 겉으로 아주 조금씩 표출되고 있었다.

뉴비드 행성에서 몬스터 사냥과 전쟁 중에 죽인 그 많은 사람, 그리고 땅굴을 파는 일들로 인해 성격이 외골수로 바뀌었다.

'힘이 있으니 이제 덤비려면 덤벼라. 피하지 않겠다.'

이렇게 마초적으로 변했다.

하지만 그는 폼생폼사의 캐릭터는 절대 아니다.

그는 정말 자신이 불리하다고 판단되면 바로 꼬리를 내리는 스타일이다.

다음 날에 오열은 던전에 가서 사냥을 했다. 그리고 집에 돌아와 마나심법을 펼쳤다.

주위에서 붉은 늑대 길드가 가만히 있지 않을 것이라고 그를 볼 때마다 염려를 해주었다.

오열도 그들의 소리가 이상하게 걸렸다.

그래서 준비를 단단히 했다.

HP충전기도 항상 2개씩 챙기고.

한 개는 PMC에 부탁하여 만든 것이고 다른 하나는 이철수 대령이 만들어준 것이다.

게다가 포션까지 가방에 넣고 다녔다.

포션은 외상은 물론 내상까지 치료를 해주는 신비한 물약이다.

오랜만에 아바타에 접속해서 아만다를 만났다.

오스만 왕국은 한 치 앞도 못 보는 상황이 되었고 페테도 이제 점점 분쟁의 소용돌이에 휩쓸리고 있었다.

아만다와 오랜만에 해후를 하고 난 후 이웃 왕국으로 이사를 하는 것은 어떤가에 대해 의견을 나눴다.

용병들과 브로도스와 아만다는 찬성을 했지만 부모님들이 반대를 해서 이러지도 저러지도 못하고 있었다.

오열은 사실 다른 사람의 목숨에는 별 관심이 없었다. 아만 다만 무사하면 되었다.

아바타 접속을 종료하고 오열은 오랜만에 다시 던전 사냥을 하러 갔다.

한곳에서 사냥을 하다 보니 아는 사람들도 생기기 시작했다.

아직 친해지거나 그런 단계는 아니었지만 만나면 서로 반갑게 인사를 나누는 단계까지 진전하였다.

한참 사냥을 하고 있는데 뒤로 사람들이 몰려들기 시작했다.

"붉은 늑대다."

화살이 날아들었다.

이는 명백한 규정위반이었다.

오열은 비록 아머에 막혀서 아무런 충격도 받지 않았지만 아머의 HP는 끊임없이 깎이고 있었다.

'이렇게 나온단 말이지.'

오열은 주먹을 불끈 쥐었다.

궁수들이 일반화살로 공격하기에 에너지소드를 사용하기에는 아직 정당방위가 성립되지 않는다.

궁사들이 몬스터용으로 쓰는 화살이 따로 있는데 이것을 사용하면 문제가 심각해진다.

일반 화살로 공격을 하면 사실 데미지는 별로 먹히지 않는다.

비록 궁사들이 메탈사이퍼라 하더라도 원거리 능력자는 여러 모로 제한이 많았다.

붉은 늑대 길드의 장점은 이런 단점을 장점으로 만든 것이다.

일명 궁팟이라고 불리는 파티를 하는데 탱커만 있으면 굉장한 위력을 발휘하였다. 이것이 붉은 늑대를 유명하게 만들었다.

오열은 부스터를 켰다.

몸이 빨라지자 화살이 몸을 스치는 빈도가 줄어들었다.

몸을 띄워 앞에서 공격하는 놈의 턱을 찼다.

퍽 하는 소리와 함께 턱이 돌아갔다.

떨어지는 순간 쫓아가 상대의 발목을 밟았다. 다리뼈가 힘없이 부서졌다.

오열은 자신을 잡으려는 붉은 늑대 길드를 피해 던전 깊숙이 들어갔다.

그의 부스터는 그 어떤 사람들보다 우수하여 아무도 그를 잡을 수 없었다.

몬스터가 보이면 무시하고 달렸다. 몬스터가 그를 보고 달려들었다.

오열은 계속 달렸다.

한 바퀴 원을 그리며 돌자 수십 마리의 몬스터가 그의 뒤를 쫓아왔다.

오열은 다시 입구 쪽으로 달렸다. 부스터가 탁월하였고 마나가 발바닥으로 내려오자 속도가 굉장히 빨랐다.

"저기 있다. 잡아라."

"저 새끼, 죽었어."

그때까지 붉은 늑대 길드원들은 사태의 심각성을 전혀 인식하지 못하고 있었다.

순식간에 오열을 포위하였다.

"됐어. 조져 버려."

"죽여 버려!"

붉은 늑대길 드원들은 흥분으로 소리를 질러댔다.

오열은 그런 그들을 피식 웃었다.

자신이 누군가.

잔머리의 대가다.

오열과 대치하는 중에 몬스터들이 드디어 가까이 다가왔다.

"헉! 몬스터다."

"뭐, 몬스터?"

몬스터 특유의 그렁거리는 숨소리를 듣자 그제야 그들은 몬스터가 주위에 있음을 알아차렸다.

오열이 교묘하게 시간을 끌었기에 붉은 늑대 길드원들이 몬스터를 보고서도 도망가지 못하고 있었다.

오열은 그런 그들을 보며 피식 웃었다.

'뒤치기는 아무나 하는 게 아니야.'

오열이 붉은 늑대 길드원들이 몬스터를 상대하는 사이에 그 자리를 벗어났다.

그때부터 붉은 늑대는 몬스터와 사투가 벌어졌다.

힐러가 기절할 정도로 힐을 퍼부었음에도 불구하고 2명의 길드원이 몬스터에게 죽었다.

길드장 장록수가 이를 부드득 갈았다.

그는 아직까지 전면에 나서지 않고 있었다.

비록 명령을 내렸지만 내키지 않았었다.

하지만 거듭된 길드원들의 피해를 접하자 그도 이제 더 이상 참을 수 없게 된 것이다.

*　　　*　　　*

붉은 늑대 길드는 충격에 빠졌다.

길드가 만들어진 이후 처음으로 두 명의 길드원이 사망을 하였다.

부상을 당한 김영삼은 앞으로 메탈사이퍼로서 활동을 못해도 목숨은 건졌다.

하지만 이번에 죽은 길드원들은 몬스터에게 찢겨 죽었다.

그것도 흔한 몹몰이에 당했다. 거대 길드로서는 수치스러운 일이었다.

"어떻게 이런 일이!"

"젠장, 너무 억울해서 잠도 안 와."

"목소리 낮춰. 여기는 장례식장이야."

붉은 늑대 길드원들은 분노로 치를 떨었다.

붉은 늑대가 생긴 이래 이런 일은 처음이었다.

당연히 복수를 해야 한다.

그것이 바로 붉은 늑대의 제1계명이었다.

영정사진 앞에 국화꽃을 바치며 붉은 늑대는 복수를 다짐했다.

그 어느 때보다 붉은 늑대는 하나가 되었다.

"야비한 녀석. 몬스터를 쟁에 끌어들이다니."

"그러니 우리가 PMC에 아무 말도 못하는 것이야. 사람이 죽었는데도 말이야. 크흑."

장례식장에서 붉은 늑대들은 분노했다.

하지만 시비는 붉은 늑대가 먼저 걸었다. 그리고 사망자가 발생했지만 몬스터로 인한 사망이라 오열에게 그 책임을 물을 수가 없었다.

메탈사이퍼도 아마추어는 아니다.

언제든지 죽을 수 있는 위험을 감수하고 몬스터를 사냥하는 헌터이기 때문이다.

그렇다. 책임은 프로답지 못하게 행동한 그들 자신에게 있었다.

복수심에 눈이 멀어 몬스터가 몰려온 것을 뒤늦게 발견하였다.

물론 오열이 교묘하게 빠져나가려는 선두를 공격해 시간을 끌었지만 그 모두를 감안하고 행동했어야 했다. 그래도 억울했다.

오열은 이른 아침 일어나 물을 마시고 소파에 앉아 신문을 보았다.

그가 읽은 내용 중에 붉은 늑대 길드원 중 2명이 던전에서 사냥을 하다가 사망했다는 기사가 있었다.

"흠, 이제 그놈들이 가만히 안 있겠군."

오열은 커피를 마시며 생각을 골똘히 하기 시작했다.

사람이 죽었다면 이제 화해는 없다.

물론 그런 일이 일어나지 않았다고 해도 화해는 없었을 것이다.

있다면 복종과 굴욕만 존재한다.

성격이 더러운 놈들이 모인 길드라 했으니 말이다.

이제 앞으로 쭉 이대로 가는 수밖에 없다.

오열은 그렇게 생각하며 하루 빨리 자신의 레벨을 올릴 생각만 했다.

레벨이 깡패라고 하지 않는가.

살려면 실력을 올리는 수밖에 없다.

그래서 오열은 집에 머물며 마나심법에 죽으라고 매달렸다. 이제는 아바타에 접속할 시간도 거의 없었다.

오열은 이 모든 일에 흥미를 느꼈다.

'분쟁이라?'

생각만으로 오열은 피가 뜨겁게 끓는 것을 느꼈다.

처음에는 능력자로 각성하여 돈을 많이 벌어 예쁜 여자하고 결혼해서 오순도순 사는 것이 목적이었다.

하지만 지금은 달라졌다.

강해지고 싶었다. 더 이상 무시를 받지 않고 당당하게 살고 싶어졌다.

하루 종일 마나심법을 하다가 잠시 쉬는 시간에 뉴스를 보거나 신문을 읽었다.

그러는 중에 틈틈이 차를 마시며 망중한을 달랬다.

오열은 아무래도 장비를 더 많이 구비해야 할 것 같았다.

다수를 상대하는 전투였다. 아무리 준비를 많이 해도 부족하게만 느껴졌다.

지구에 메탈사이퍼가 처음 나왔을 때 몬스터를 서로 잡겠다고 자리싸움이 치열했었다.

몬스터보다 능력자가 더 많았다. 많아도 너무 많았다.

그래서 마음에 들지 않으면 파티 사냥에 뒤치기를 서슴지 않고 했다.

길드간의 전쟁으로 인해 사망자도 나왔었다.

하지만 최근 십 년 동안 쟁(爭)으로 사람이 죽은 경우는 없었다.

그래서 붉은 늑대도 방심을 한 것이었다.

설마 무슨 일이 일어나겠어? 감히 우리를 누가 건드려 하는 안일한 생각에 수자만 믿고 쳐들어갔다가 어이없게 당했다.

오열은 붉은 늑대가 앞으로는 단단히 준비하고 나올 것이라고 생각했다.

바보가 아니라면 말이다. 그러니 몬스터를 이용한 방법도 더 이상 쓰지 못한다.

'그놈들이 악당이라고 했지? 후후, 그러면 나는 악마로 변

해야지.'

오열은 분쟁이 싫으면서도 좋았다.

괜한 일로 말썽을 일으키는 것은 유쾌한 일은 아니다.

하지만 그는 자신의 성취가 어느 정도인지 알아보고 싶은 마음도 강했다.

어린 아기가 힘을 얻으면 그것을 꼭 확인해 보고 싶어 하듯 그는 자신의 능력을 확인해 보고 싶어 했다.

'후후, 지금쯤 미치고 팔짝 뛰겠지. 하지만 사냥은 이제 내가 해. 놈들이 기다리고 있는 것을 아는데 멍청하게 '나 잡아 잡서' 하고 당하지는 않아. 상대는 거대 길드이니까 말이야. 사냥은 내가 해.'

오열은 몰려드는 졸음으로 하품을 했다.

당분간 마나심법을 하면서 상대가 틈을 보일 때까지 기다릴 생각이었다.

그는 하루 종일 마나심법을 하다가 지치면 연금술 실험을 하였다.

집에서 그는 너무 바쁘게 보냈다.

장록수는 길드원들의 보고를 받으며 얼굴을 찌푸렸다.

사건을 일으킨 자가 종적을 감추었다. 복수를 해야 하는데 대상이 사라진 것이다.

"사장님, 해커를 고용해 볼까요?"

"관둬. 무슨 근거로 해킹을 해? 요즘은 해킹을 해도 자료가
다 남아. 과거와 달리 이제는 인터넷을 사용한 순간부터 기록
이 남아. 그 녀석에 대해서 아는 것이 하나도 없다며? 그렇다
면 사회보장카드의 번호를 알아내기 위해서는 여기저기 해킹
해야 하는데 그런 짓을 하고도 안 들킬 것 같아?"

"죄송합니다. 미처 생각하지 못했습니다."

개인의 정보가 중요하게 인식되면서 해킹을 하는 것은 이
제 거의 불가능하게 되었다.

해킹프로그램이 작동하는 순간부터 사이버수사대의 탐지
에 걸려들게 된다.

과학의 진보다.

그래서 해킹은 하다못해 사회보장번호라도 알아야 시도할
수가 있다. 그것이 없다면 아무리 뛰어난 해커라도 소용이 없
다.

장록수는 마정석 유통업계에 종사하고 있다.

그만 그런 것이 아니라 대부분의 거대 길드의 마스터들은
그와 유사한 사업을 하고 있는데 대부분 몬스터 부산물을 다
루는 일을 한다.

거대 길드의 마스터가 그렇다는 것은 순진한 사람들만 모
르지 대부분의 사람은 거의 아는 사실이다.

길드를 유지하기 위해서는 천문학적인 돈이 든다.

그 돈이 어디서 나오겠는가.

이들의 주머니에서 나온다.

장록수는 특히 마정석 가공업에 종사하고 있다.

이름만 걸친 사장이지만 회사 주식의 51%를 가지고 있는 실질적 주인이다.

그가 붉은 늑대의 길드마스터가 된 것은 불과 3년 전이라 길드 장악력이 강하지 않았다.

거대 길드가 던전을 차지하고 통제하는 이유는 이들 마스터나 간부들의 이권이 달려 있기 때문이다.

이런 던전을 작업방이라고 하는데 24시간 길드원들이 돌아가면서 몬스터 사냥을 한다.

여기서 얻는 몬스터의 부산물은 모두 길드에서 일괄 매입한다.

물론 길드에 내는 세금이 포함되어 있지만 안정적인 수입이 보장되기에 반발하는 길드원들은 거의 없다.

장록수는 이렇게 일괄 매입한 몬스터의 부산물을 가지고 자신이 직접 운영하는 회사에서 가공하여 2차적 이익을 얻는다. 이렇게 얻는 금액이 천문학적이다.

몬스터 사냥만 해도 부자가 되는데 거대 길드의 마스터가 되면 더 말할 나위가 없다.

장록수는 최근에 회사를 확장했다. 몬스터의 수가 늘어나면서 기계를 많이 들여놓아 새로운 작방이 필요하게 되었다.

작방이 중요한 이유 중의 하나는 직접 관리를 하지 않아도 꾸준하게 세금이 들어온다는 것이다.

붉은 늑대 길드가 도봉산에 있는 제2던전을 먹으려고 했던 것은 그것이 가능해서가 아니었다.

거대 길드 가디언스가 작업하고 있는 곳이기에 그것은 애초에 불가능했다.

그럼에도 그런 일을 벌인 이유는 지분을 확보하기 위한 것이었다.

아직은 몬스터의 수에 비해 메탈사이퍼들이 적다.

그동안은 강해진 몬스터만큼 사냥꾼들의 장비가 업그레이드되지 못하였는데 지금은 모든 길드의 길드원들이 아주 빠른 속도로 장비를 세팅하고 있었다.

그래서 조만간 안정적인 사냥이 가능한 던전은 자리가 부족하게 될 전망이다.

그때를 위한 일종의 사전 정지작업이었다.

장록수는 회사의 작업량을 보고받고 입맛을 다셨다.

세계 각국은 경쟁적으로 마정석을 획득하려고 한다.

마정석에서 카오스에너지를 뽑아내면 에너지로 바꿔 쓸

수 있기 때문이다.

지구는 이미 석유와 같은 에너지가 고갈된 지 오래다.

그런데 몬스터의 부산물은 그동안 심해의 바닥에서 채취하던 자원보다 효율적이다.

메탄 하이드레이트로는 아직도 바다에 많은 양이 매장되어 있지만 그것은 지구의 온난화 현상을 부추기는 메탄가스를 유발한다.

태평양 심해에서 채취하는 망간단괴도 몬스터의 부산물보다 효율적이지 않다.

장록수는 문제를 일으킨 놈을 잡아 다시는 몬스터 사냥을 할 수 없도록 만들 생각이었다.

목숨만 남겨두고 사지를 못 쓰게 말이다.

정부는 개인이나 길드간의 다툼에서 식물인간이 되어도 크게 신경을 쓰지 않는데 사람이 죽으면 굉장히 민감하게 반응을 한다.

눈 가리고 아웅이지만 워낙 PMC의 통제가 심해 사람을 죽일 수는 없다.

그래서 아무리 길드 간의 분쟁이 가열되어도 사람이 죽거나 한 적은 없었다.

그런데 사소한 마찰로 길드원 두 명이 죽고 한 명이 중환자실에 들어갔다. 다른 한 명은 마비가 되어 돌아왔다.

마비가 얼마나 심한지 3일 동안 움직이지 못했다.

웃긴 것은 병원에서도 마비를 풀지 못하고 생명에 지장이 없다는 말만 하고 기다린 것이었다.

연금술사가 만든 마취제라 병원에서 성분분석이 안 돼 해독을 하지 못한다는 것이었다.

다만 호흡이 안정적이라 위험하지 않다고 판단을 내렸을 뿐이다.

장록수는 문제가 발생하자마자 잠수를 탄 오열 때문에 골머리를 싸맸다.

복수를 하고자 해도 상대가 나타나지를 않으니 말짱 도루묵이었다.

문제는 붉은 늑대가 방심하고 있을 때 나타날 확률이 있다는 점이다.

장록수는 그 점을 걱정하였다.

＊　　　＊　　　＊

오열은 스카라토라는 거미 몬스터를 잡아 모은 거미줄로 실험을 하고 있었다.

순수한 거미줄에 오우거의 힘줄을 넣자 거미줄이 질겨졌다.

거기에 마력의 증폭을 위해 마나석 가루를 넣었다.

'이러면 되는 건가?'

오열이 원하는 것은 스파이더맨의 거미줄이었다.

물론 영화처럼 그렇게 할 수는 없지만 비슷하게 할 수는 있지 않을까 하고 연구를 하기 시작한 것이다.

보글보글.

비커 안에 서로 다른 재료들이 화학 작용을 하기 시작했다. 투명한 액체가 젤리처럼 말랑말랑해졌다.

오열은 완성된 액체를 손목에 찬 기구 안에 넣었다.

"흐흐, 기대되는데."

오열은 손목을 두 번 뒤집자 손안에 있던 기구에서 액체가 날아갔다.

그는 줄을 힘껏 당겼다.

손을 잡아당기며 몸에 힘을 빼자 공중으로 붕 떠올랐다.

천장에 대롱대롱 매달린 그는 단순히 거미줄뿐만 아니라 다른 것들도 필요하다는 것을 깨달았다.

"그래도 어디냐. 첫 실험에 약간은 성공을 했으니."

아무래도 스카라토 거미줄로는 부족한 것 같았다.

거미줄의 강도를 높이기 위해 가장 강한 오우거의 힘줄을 넣은 것이 서로 상생이 맞지 않았다.

"흐음, 다른 거미줄을 구하여야 하나?"

오열은 시간이 많았다.

지금은 붉은 늑대를 피해 잠수를 타고 있었기에 시간이 많이 남았다.

'아, 이철수 대령에게 부탁을 해봐야겠군.'

청계천에 주문한 장비가 성능은 괜찮은데 크기가 마음에 들지 않았다.

마법이 없는 세계라 인위적으로 크기 조절을 마음대로 하지 못하는 단점도 있었다.

일단 장비가 작아야 전투를 하는데 지장이 없을 터인데 지금은 많이 컸다.

활동은 할 수 있으나 상당히 불편하였다.

오열은 천천히 준비를 했다.

사실 거대 길드와 싸운다 하더라도 그는 그렇게 무섭지는 않았다.

거대 길드의 적들이 무서운 것은 힐러 때문이지 다른 것은 없었다.

그가 가지고 있는 장비가 너무 좋아서 만약 치고 빠지는 작전을 쓰면 절대 잡히지 않을 자신이 있었다.

'붉은 늑대의 힘은 게릴라전에 능(能)해서지, 원래 실력이 뛰어난 것은 아니야. 그들은 파티를 이루어 서로의 결점을 보완해 주기 때문에 강해 보일 뿐이야. 그러니 이제 내가 게릴

라전을 해야 해다. 상대는 나보다 숫자가 많으니까.'

오열은 앞으로 마주칠 적들에 대해 조사를 하기 시작했다.

워낙 유명한 길드라 인터넷으로도 많은 정보를 얻을 수 있었다.

'한 놈씩 불구로 만들어 대항하지 못하게 만든다.'

뉴비드 행성에서는 사람을 죽일 때 무자비했던 그다.

그는 살인을 하지 않는다 하더라도 충분히 적을 무력화시킬 생각이었다.

사실 그는 PMC만 아니라면 거대 길드는 절대 무섭지 않았다.

그는 연금술사다.

화약을 주머니 안의 공깃돌처럼 자연스럽게 다룰 수 있다.

그런 그가 다수를 두려워할 이유는 없었다.

사실 전투 중에 살인이 허용된다면 붉은 늑대를 한 곳으로 유인해 폭약으로 한 번에 다 죽일 자신도 있었다.

그의 아바타가 하도 땅을 파다 보니 화약을 다루는 데는 거의 신의 경지에 도달했다.

싸움에는 맥이 있다.

그 맥만 잡으면 상대는 꼼짝을 못한다.

뱀은 대가리만 잡히면 독이 아무리 강해도 꼼짝을 못한다.

거대 길드에는 치명적인 약점이 존재하는데 그것은 길드

를 유지하는 돈이다.

어떻게 그 돈줄을 잡느냐가 문제다.

오열은 붉은 늑대의 약점을 찾기 시작했다.

오열은 시중에 나와 있는 거미줄을 모조리 샀다.

요즘은 거미줄로 특수복을 만들기도 해서 거래가 잘되는 편이었다.

몬스터의 거미줄은 끈적거리고 질기다.

흡착력도 좋다. 상당히 가늘어서 적은 양으로도 오랫동안 사용할 수 있는 장점이 있다.

"스파이더맨이 되는 거야."

오열은 기분 좋게 웃었다.

다음으로 만들 실험은 연막탄이다.

궁수가 많은 붉은 늑대를 사냥하기 위해서는 적의 눈을 가리는 것이 최고다.

이 방법은 그에게 아주 유리하다. 오열이만 제외하고는 상대는 모두 적이니 거칠 것이 없다.

'숫자가 작다고 약한 것은 아니지. 단점을 강점으로 만드는 자가 진정한 강자지.'

오열은 잔머리가 발동하자 그까짓 숫자만 많은 거대 길드는 조금도 무섭지 않게 되었다.

문제는 준비였다.

거대 길드와 부딪혀도 상대할 수 있는 무기를 마련하는 것
이 절실했다.

'그리고 연막탄에 마취제나 수면제를 섞는 거야.'

오열은 신이 났다.

연구할 것들이 갑자기 많이 생기기 시작했다.

그동안 모아놓은 몬스터의 생명력에서 카오스에너지를 뽑
아 실험을 했다.

연구하고 또 연구했다.

그러는 동안 시간이 흘러갔다.

9장

길드전

　연금술은 사실 화약과 마취제를 만드는 학문은 아니다.

　보다 본질적인 것을 다루는데 오열은 어떻게 하면 적을 쉽게 제압할 수 있을까에 몰두하고 있었다.

　연금술의 궁극인 현자의 돌도 살아 있어야 만들든가 말든가 하는 것 아니가.

　'뭐 천 년 전에 구라친 놈들 말을 들을 필요는 없지. 납으로 금을 만든다고 구라를 친 놈들이잖아. 막말로 사체를 태워 탄소를 만들고 그것으로 다이아몬드를 만들 수 있다한들 그냥 보석상점에서 사는 게 훨씬 싸. 같은 논리로 설혹 납으로 금을 만들 수 있다 하더라도 효용성의 문제로 인해 그냥 금을 사는 것이 쌀 가야. 그러니 그딴 소리는 배부른 놈들이나 하라고 하고 나는 목숨을 건지는 방법은 뭐든 연구하자. 하하, 준비해서 나쁜 것은 없지.'

오열은 지독하게 연구를 했다.

그는 목적을 이루기 위해 땅을 7개월 동안이나 혼자 판 독종이다.

새로운 적이 생겼다는 긴장감과 흥분으로 밤을 새우며 연구했다.

스피드 건을 이전보다 사용하기 편하게 개조를 했다.

적외선 안경을 사서 착용하였다.

던전 자체가 밝은 편이고 또 메탈사이퍼는 어둠 속에서도 시력이 좋아 이와 같은 장비를 착용하는 사람은 거의 없다.

연막탄을 사용했을 때 필요한 물품이었다.

시간이 갈수록 준비물이 많아졌다.

그러는 사이 오열의 내공은 더 깊어졌다.

오열의 경우에 순수한 내공이 아니라 메탈사이퍼에너지와 결합된 것이라 굉장히 파괴적이었다.

현대에 무술을 배운 사람들은 내공이 거의 없다.

설혹 있는 사람이 있다고 하더라도 메탈사이퍼와 붙는다면 게임 자체가 성립되지 않는다.

그런데 오열은 내공이 메탈에너지가 결합되었으니 특이한
케이스였다.

"유진산업이라……."

오열이 보고 있는 회사 자료는 붉은 늑대의 길드마스터인
장록수가 사장으로 있는 회사다.

지분이 51%가 그의 것이고 붉은 늑대의 간부 중에서 지분
을 가진 자들이 꽤 있었다.

많은 것은 아니지만 0.1%에서 2.7%까지 다양하였고 나머
지는 순수투자자와 친인척이 주주로 있는 비상장기업이다.

따라서 정확한 회사의 매출과 이익이 잡히지는 않지만 예
측액수는 1년에 9천억의 매출에 2천억 전후의 순이익을 내는
알짜회사였다.

개인 메탈사이퍼가 1년에 버는 액수가 100억 전후다.

거기서 무기와 장비를 업그레이드를 하고 경비를 지출하
고 나면 대략 40-50억 정도가 순수소득으로 봐야 한다.

장록수는 소득의 일부를 길드를 위해 썼지만 그것은 평균
가보다 약간 싸게 구입한 재료들로 충당되고도 남았다.

"오우, 재벌이었군."

오열은 통장에 200억 정도 있어 부자라고 생각했는데 붉은
늑대의 길마인 장록수의 재산에 비하면 새 발의 피였다. 그의
예측 재산이 조 단위였다.

"이렇게 부자인 놈들이 그 지랄을 한 거야? 난 7개월을 땅파서 겨우 100억 벌었는데 이 새끼는 그냥 앉아서 2천억을 버네. 하여튼 있는 놈들이 더해. 복상사나 당할 놈 같으니."

오열은 장록수의 재산을 보고 앉은 자리에서 펄펄 뛰며 온갖 욕을 다 했다.

한마디로 배가 아팠다.

붉은 늑대의 길드원은 300여 명 정도였다.

3대 거대 길드의 인원이 대략 1,000명 전후라는 것을 참고하면 이름난 길드치고는 수가 적었다.

악명이 높다 보니 길드에 가입하는 수가 많지 않았던 것이다. 그러다 보니 길드원들 사이가 매우 끈끈했다.

'그나마 다행이네. 300명밖에 없으니. 대가리부터 쳐야 하는데 먼저 공격할 수가 없으니 어떻게 한다? 선수무적이라고. 선빵 치는 놈이 이긴다는 말이 있잖아.'

전투의 기본은 지휘관부터 치는 것이다.

지휘부가 강한 길드는 일반 길드원들이 아무리 많이 죽거나 다쳐도 전투를 멈추지 않는다.

하지만 간부들이 쓰러지면 길드 전체가 공포에 사로잡히게 된다.

오열은 던전에서 사냥도 별로 못해 보았는데 이런 귀찮은 일에 연류된 것이 억울했다.

인류를 위해 싸워야 한다는 PMC의 세뇌에 가까운 교육에 동의하는 것은 아니지만 메탈사이퍼가 몬스터가 아닌 같은 능력자끼리 싸운다는 것은 이해할 수 없었다. 조사를 해보니 그 이유가 결국 돈이었다.

'후후, 복수를 해주마.'

오열은 일주일을 더 준비하고 제2던전으로 갔다.

던전에는 이전보다 더 많은 사람이 사냥을 하고 있었다.

오열이 던전에 나타나자 몇 명의 남자가 자리를 이탈했다.

그 모습을 오열은 곁눈질하고는 피식 웃었다. 그러기를 원해서 그가 나타난 것이다.

30분이 안 되어 수십 명의 사람이 뛰어들었다. 오열은 사냥을 하면서 그들을 보았다.

"쳐라!"

간부로 보이는 남자가 명령을 내렸다. 그의 명령에 일제히 붉은 늑대 길드원들이 뛰어들었다.

후미에서 궁수들이 모여 화살을 날리고 있었다.

가끔가다가 아머에 충격이 전해지는 것을 보니 몬스터용 화살을 섞어 쓰는 것 같았다.

오열은 부스터를 켜고 재빠르게 전후좌우로 움직이며 뒤로 물러났다.

사냥을 하고 있던 참이라 몬스터가 오열을 공격하려고 따라오자 스피드 건을 쏘아 마비시켜 버렸다.

오열은 뒤로 슬금슬금 물러났다.

이전에 경험이 있어 상대는 쉽게 따라오지 않고 있었다.

오열은 일반 파티원이 없는 곳에 도착하자 뒤로 물러나는 것을 멈췄다.

그 와중에도 화살이 비처럼 쏟아졌다.

빠른 몸놀림으로 화살을 가능한 피하며 오열은 붉은 늑대를 바라보았다.

이곳은 몬스터 중에서도 센 비뉴엘이 있는 곳이다.

비뉴엘은 독립보행을 하는 늑대과 몬스터다.

이 몬스터가 사냥하기 어려운 것이 민첩성이 뛰어나 쉽게 맞출 수가 없다는 점이다. 다행한 것은 무리를 지어 다니지 않는다는 것이다.

오열은 미소를 지었다. 상대는 이제 50여 명으로 늘어났다.

순수하게 싸우면 오열이 아무리 장비가 좋아도 절대로 이들을 제압할 수 없다.

싸우다 먼저 지칠 것이다. 쪽수 싸움을 절대 무시해서는 안된다.

"붉은 늑대, 반가워!"

오열이 뻔뻔한 미소를 지으며 말을 했다.

궁수들의 화살공격도 일순간 멈췄다.

아마도 다잡은 고기라고 생각했는지 서두르지 않았다.

오열이 벽을 등지고 있었기 때문에 더 이상 도망갈 수 없다고 생각한 모양이었다.

"닥쳐. 네놈 때문에 우리 길드원 2명이나 죽었다. 한 명은 더 이상 메탈사이퍼 생활을 할 수 없게 되었다. 네놈도 이제 반드시 대가를 지불하게 될 거야."

"하하하, 누구 마음대로. 그런데 니들 길마 장록수가 1년에 버는 돈이 얼마인지 알아?"

"무, 무슨 소리냐?"

김기열은 순간 당혹스러웠다.

이 긴박한 순간에 돈 이야기라니.

그도 물론 길마가 얼마를 버는지 알고 있다.

그도 유진산업의 지분을 가지고 있었다.

지금은 많은 돈이 들어오는 것은 아니지만 회사가 빠른 속도로 커지고 있었다.

올해부터 다른 중소 길드의 물량도 받아서 처리하고 있어 매출은 더 늘어날 것이다.

하지만 지금은 전투 중.

그런 이야기를 나눌 타이밍이 아닌 것이다.

오열이 빙그레 웃으며 툭하고 던졌다.

"5천억. 5천억이야."

"뭐, 5천억이나? 어디서 개수작이야."

"말도 안 돼."

모두 말도 안 되는 것이라고 무시를 했지만 일부는 곰곰이 생각하는 표정이었다.

물론 거짓말이었다.

"모두 공격해."

"너희의 길마는 너희를 이용하고 있어. 무려 5천억을 벌면서 니들이 버는 작은 돈에도 길드 유지비로 세금을 떼어가잖아."

오열의 말에 움직이던 길드원의 발걸음이 멈춰졌다. 김기열은 다시 명령을 내렸다.

"저놈은 우리 길드원을 죽인 원수다. 원한이 있으면 반드시 복수한다. 동료의 복수다. 이것을 어길 셈이냐?"

"반드시 복수한다."

"복수한다!"

"복수한다!"

오열은 피식 웃고는 주머니에서 검은 구슬을 꺼내 던졌다.

"뭐야?"

갑자기 날아오는 것이 있자 맨 앞에 있던 자가 재빨리 방패로 막아냈다. 직업이 탱커로 보이는 남자였다.

펑하는 소리와 함께 검은 연기가 나왔다. 순식간에 던전이 연기로 가득 찼다.

"이건 뭐야?"

"왜 이래. 밀지 마."

오열은 안경을 쓰고 힐러로 보이는 여자를 먼저 공격했다.

"캬악!"

명치에 주먹을 맞아 쓰러진 힐러의 발목을 힘껏 밟았다.

동정의 여지가 없다.

힐러가 무사하면 싸움은 2박 3일이 가도 끝나지 않을 것이다.

오열은 천장을 향해 왼손을 휘둘렀다.

손바닥에서 거미줄이 날아가 붙었고 오열의 몸이 공중으로 떠올랐다.

그는 거미줄을 잡고 좌우로 흔들었다.

그의 몸이 공중에서 가볍게 떠올라 천장에 붙었다.

오른손에서 뾰족한 손톱이 튀어나왔다. 그리고 손바닥에서는 끈적끈적한 액체나 흘러나왔다.

이번에 만든 특수장갑이었다.

오열은 적외선 안경으로 힐러가 어디 있는지 계속 살폈다.

'저기 있군.'

힐러들은 일반 전투직과는 복장이 확연히 다르다.

일반 전투유저와 비슷한 아머를 입었다 하더라도 무기를

착용하지 않고 있는 등 특유의 분위기가 있다.

그래서 오열은 힐러를 찾는 것은 어렵지 않았다.

오열은 4명의 힐러를 쓰러뜨렸다.

남자 힐러들은 발목과 함께 손도 분질렀다.

어둠의 연기가 사라졌을 때에는 5명의 길드원이 바닥에 뒹굴었다.

김기열은 얼굴을 심각하게 굳히며 부르짖었다.

"가만두지 않겠다."

"원래 그런 목적으로 이곳에 온 것 아니었어? 병신, 새삼스럽게."

김기열은 화가 나서 머리가 돌 지경이었다.

"공격, 무조건 공격."

길드원들은 번개처럼 오열에게 덤벼들었다.

하지만 오열이 다시 검은 구술을 던지자 전투는 더 이상 진행될 수 없었다.

일방적인 싸움이 시작되었다.

"크악!"

"살려줘!"

"힐을 줘, 힐!"

길드원들이 부르짖었지만 힐러들이 중상을 입었다.

힐러들의 체력은 다른 메탈사이퍼에 비해 상당히 낮다.

발목이 부서지고 손이 부러져서 힐을 할 수가 없었던 것이다.

오열은 적외선 안경을 통해 명령을 내렸던 김기열을 보았다.

'저놈은 특별히 더 사랑해줘야지.'

오열은 그의 명치를 치고 쓰러진 그를 자근자근 밟았다.

다른 길드원은 한쪽 발목만 부서뜨린 것이라면 김기열은 사지를 모두 착실하게 부수었다.

"크악!"

김기열이 소리를 지르며 기절하고 말았다.

김기열이 기절하자 다음 기수인 오동탁이 명령을 내렸다.

"모두 검을 꺼내 에너지소드에 메탈에너지를 넣어라."

그의 말에 사람들이 검을 뽑아 푸른 검기를 일으켜 주위를 밝혔다.

"저기 있다."

검기가 연기를 뚫고 주위를 밝혔다.

오열은 순간 당황했지만 뒤로 물러나 피했다.

화살이 날아왔지만 맞지는 않았다. 몬스터용 화살을 사용하는지 동굴이 울리기 시작했다.

오열은 더 많은 연막탄을 던지기 시작했다. 검은 연기가 에너지소드의 빛을 삼키기 시작했다.

'연막탄은 니들이 생각하는 것보다 아주 많아.'

연막탄을 구입한 것이 아니라 제조를 한 것이라 양껏 만들었다.

게다가 그동안 번 돈을 쓰지도 못하고 모아만 놔서 탄은 넉넉했다.

3대 거대 길드에 비견되는 붉은 늑대를 상대해야 했기에 철저하게 준비를 한 것이다.

오열은 주변에서 얼쩡거리는 비뉴엘 몇 마리가 보였다. 오열은 재빨리 다가가 에너지 소드를 휘둘렀다.

"크앙!"

상처를 입은 뉴비엘이 오열을 따라왔다.

네오23의 부스터를 사용하는 오열의 발걸음을 아무리 민첩함이 높은 비뉴엘이라 하더라도 따라 잡을 수 없었다.

'저기에 한 마리 또 있군.'

오열은 그놈에게도 다가가 공격을 하여 어그로를 끌었다. 그리고 달렸다.

연막탄이 걷히자 화살이 날아왔다.

이제는 거의 몬스터용의 화살이라 데미지가 컸다.

오열은 궁수들이 모인 곳을 향해 연막탄 2개를 던지고 몸을 공중으로 띄웠다.

몸이 가벼워지며 단전이 뜨거워졌다.

오열은 왼손을 다시 휘둘렀다. 거미줄이 섬광처럼 날아가 붙었다. 손을 당기자 몸이 천장으로 달려 올라갔다.

"뭐야?"

"헉! 저놈이……."

눈앞에서 사라진 오열을 향해 머리를 들었을 때 3미터의 비뉴엘 2마리가 붉은 늑대를 향해 달려오고 있었다.

"몬스터다. 준비. 탱커 앞으로."

전투 중에도 붉은 늑대는 기본에 충실했다.

탱커가 앞으로 나서 몬스터를 막았다. 하지만 비뉴엘의 공격 몇 번에 나가떨어졌다.

기절했던 여힐러가 깨어나고서야 전투가 제대로 진행되었다.

그러는 사이 오열은 궁수들을 모두 조지고 있었다. 손을 꺾고 발을 뭉개고.

그의 잔인함에 붉은 늑대가 떨었다.

몬스터가 날뛸 틈을 이용하여 오열은 붉은 늑대 길드원을 공격을 했다.

사람들은 분노를 넘어 두려움이 몰려왔다.

새로 도착한 길드원이 아니었다면 한 사람도 남지 않고 모두 당했을 것이다.

오열은 아머의 HP를 확인하고 오늘은 물러나기로 했다. 역시 궁팟이 무섭긴 무서웠다.

모나베헴아머의 HP잔존량이 30,000이 남았다.

일반 아머였다면 죽어도 몇 번을 죽었을 것이다.

궁팟, 궁팟 하더니 위력이 이렇게 무서울 줄 몰랐다.

이러니 다른 거대 길드가 붉은 늑대에게 한 수 접어주었던 것이다.

HP배터리의 버튼을 누르자 모나베헴아머의 HP가 차기 시작했다.

모나베헴아머는 HP가 무려 320,000이나 한다.

그런데 3만 HP만 남았다는 것은 다른 말로 장비만 좋지 않았다면 적어도 몇 번은 자신이 죽었을 것이라는 사실이다.

'흠, 앞으로 조심해야겠는데. 별로 맞지도 않았는데 이렇게 HP가 달리다니.'

오열은 생각보다 이번 전투가 유독 힘겨웠다는 생각이 많아졌다.

적들이 은연중에 무기를 사용했다.

몬스터용 화살을 발사한 것이다.

아마도 모나베헴아머의 HP가 그렇게 빨리 소모된 것은 그 탓인 것 같았다.

'뭐 그렇게 나온다면 나야 좋지. 나도 적당히 사용해 주마.'

던전을 나오는데 느낌이 이상했다. 뒤돌아보니 아무도 없었다.

'뭐지?'

오열은 뛰었다. 부스터를 켜서 달리니 기척이 뒤에서 느껴졌다.

'미행이라? 현피를 하겠다는 것인가?'

오열은 오른쪽으로 꺾어지는 곳에서 멈춰 몸을 숨겼다.

격렬하게 뛰다가 갑자기 멈추니 심장의 두근거리는 박동 소리가 귀에 들릴 정도였다.

"아, 놓친 것 같은데."

"졸라 빠른 새끼네."

"놓쳤다고 보고를 하면 좀 까이겠는데."

"시발, 그러면 어떻게 하냐? 50명도 까였는데 우리 둘이 뭘 할 수 있다고."

오열은 몸을 일으켜 스피드 건을 쏘았다.

퍽.

퍽.

"헉, 뭐야?"

"앗, 그 새끼다."

두 남자는 자신들이 말실수를 한 것을 깨달았는지 입을 다물었다.

"환영해. 내 뒤를 미행하라는 것은 장록수의 명령이었나?"

"이 새끼가, 장록수가 네 친구냐?"

"이로써 네놈들이 누군지 알겠군."

오열은 피식 웃었다.

두 명의 남자는 아직 사태파악이 안 되는 모양이었다.

발은 빠른 사람들이었다.

만약 오열의 부스터가 네오23이 아니었다면 떼어놓을 수 없을 정도로 빨랐다.

오열은 멍하게 서 있는 남자들을 향해 발길질을 했다.

남자가 피하려고 했지만 몸이 움직이지 않았다. 개량된 마취제였다.

두 시간 정도 마비되는 약한 마취제였다.

오열은 두 명을 쓰러뜨린 후 발목을 부서뜨렸다. 두 명의 남자들은 제각각 비명을 질렀다.

"뭐, 이런 것을 가지고. 비명을 지르나. 흠흠, 이제 내가 어떻게 할 것인지 알려주지."

오열의 말에 두 남자가 긴장을 했다. 부서진 다리에서는 말할 수 없는 통증이 몰려왔다.

"너희 길드가 은혜는 잊어도 원한은 반드시 기억해서 복수한다며. 하하하, 이거 참, 나하고 똑같은 모토로 살아가는 놈들이 있을 줄 몰랐네. 그런 생각을 하는 놈들은 대부분 악당인데. 뭐 괜찮겠지."

오열은 잠시 뜸을 들이며 일부러 말을 하지 않았다.

고통으로 인해 거의 죽기 일보직전이었음에도 불구하고 남자들은 오열의 입을 바라보았다.

일단 몸이 움직여야 뭐든 하는데 꼼짝 할 수가 없었다.

이상한 것은 몸이 마비되었음에도 불구하고 다리에서 느껴지는 고통은 전혀 줄어들지 않았다.

"일단 네놈들이 나를 본 것을 보고를 할 것이니까 그러면 나에 대한 정보가 축적될 것 아냐? 적을 이롭게 할 수는 없지. 일단 나는 네놈들 두 눈을 뽑고 혀를 뽑을 거야. 그리고 두 손을 모두 뭉갤 거야. 그러면 말하려고 해도 할 수 없겠지."

"헉!"

"살려줘. 제발."

"물론 죽이지는 않을 거야. 안심해. 눈 뽑히고 혓바닥이 잘린다고 죽지는 않아. 그건 내가 장담을 하지."

오열이 두 손을 내밀자 남자 중 한 사람이 공포로 기절하고 말았다.

"뭐야, 이거. 거대 길드의 악당들이 이런 일로 기절을 하다니. 그럼 너부터 하자."

"제발 살려주세요. 뭐든지 시키는 것은 다 할게요."

"안 믿어. 왜 안 믿느냐고? 너희 같은 놈들은 항상 뒤통수를 치니까 안 믿는 거야."

남자가 눈물을 흘리며 빌었다.

이제 눈 뽑히고 혀 잘리면 메탈사이퍼 생활도 끝이고 평생 불구로 살아야 한다.

싸늘한 오열의 말에 남자가 너무 놀라 실례를 하고 말았다.

"이건, 뭐야. 똥 쌌잖아. 더러운 놈. 그러면 이걸 먹어라."

오열이 남자의 입을 강제로 열고 시큼한 것을 먹였다.

"컥."

남자가 컥컥거렸지만 오열은 상관하지 않았다. 기절한 다른 남자의 입에도 먹였다.

오열은 공포에 기절직전까지 몰린 남자를 보며 말했다.

"그건 폭탄이야."

"켁."

"이런 거지."

오열은 두 사람에게 먹인 것과 비슷하게 생긴 것을 가방에 꺼내 바위에 부착했다.

그리고 두 팔을 펼쳐 집중하자 펑하는 소리와 함께 바위가 산산조각 났다.

"말 안 들으면 네의 몸이 저렇게 될 거야. 자, 그러면 이름, 주소, 등등 모두 불어."

오열의 말에 기겁을 한 남자가 공포에 떨며 이름과 주소를 순순히 말하기 시작했다.

자신이 알고 있는 한도 내에서 붉은 늑대에 대한 모든 것을 말했다.

오열이 떠나자 남자는 결국 기절하고 말았다.

오열이 남자들에게 먹인 것은 아무것도 아니었다.

그냥 만들다가 실패한 재료들로 복통 정도는 일으킬 수는 있는 것이다.

바위에 부착한 것은 마나석 가루에 에너지스톤을 섞은 것이다.

에너지스톤은 증폭의 기능을 가지고 있어 소량의 화약에 반응하여 큰 폭발을 일으키게 한다.

물론 그것은 쇼였다. 그리고 장난이었다.

오열은 피식 웃으며 산을 내려와 대중교통을 이용하여 집으로 돌아왔다.

중간에 백화점과 전철을 이용하였기에 미행을 당할 여지는 없었다.

'경계에 만전을 기해야겠군.'

오열은 커피를 마시며 오늘 전투를 복기했다.

잘한 점도 있었고 못한 점도 있었다.

문제는 오늘 쓴 것을 다음에는 쓰지 못한다는 것이다.

샤워를 하고 침대에 눕자 피곤이 바람처럼 달려들었다. 그러고 보니 오늘은 너무 피곤한 하루였다.

붉은 늑대와 전투를 하고나서 다시 오열은 잠수를 탔다. 이

번 전투에서 부족한 점을 보강할 생각이었다.

'아, 죽일 수만 있으면 그냥 한 방에 죽이는 건데.'

PMC는 길드 간의 충돌은 인정하지만 살인만은 용인하지 않는다.

메탈사이퍼는 국가의 재산이라고 생각하고 있기에 그런 지침을 유지하는 것이다.

메탈사이퍼가 너무 많고 그들을 일일이 통제를 하기가 힘들어 일종의 편법으로 분쟁은 용인하지만 살인은 절대 허용 못한다는 것이 되었다.

PMC로서도 민간인인 메탈사이퍼를 인위적으로 모두 통제할 수는 없는 것이다.

거대 길드의 마스터들이 정·재계에 미치는 영향력을 생각해 보면 이것이 최선인 셈이었다.

*   *   *

장록수는 어이가 없었다. 너무 화가 나다 보니 말이 나오지도 않았다.

"그러니까 50명이 가서 40명이 당했다고?"

"그, 그렇습니다."

"그게 말이 되냐? 말이 되냐고?"

장록수의 말에 보고를 하던 김일명이 고개를 푹 숙였다.

"상태는?"

"대부분 다리뼈가 부서졌습니다. 그들 대부분은 인공다리로 바꿔야 할 것입니다."

"허."

잠시 후에 장록수는 이상명 정보팀장이 보여준 전투장면을 보고 입을 다물지 못했다.

상대는 잔인했다.

한 치의 망설임도 없이 부수고 쳤다.

붉은 늑대가 그의 앞에서는 수수깡처럼 힘없이 부서졌다.

기가 막혔다. 연막탄과 거미줄을 사용하는 장면에 얼이 나갈 정도였다.

"가서 전해. 만약 PMC가 없었으면 이렇게 구차한 짓도 하지 않고 네놈들을 모두 죽였을 거야. 너희들, 규정을 어겼다. 궁수들이 내게 몬스터용 화살을 사용했다. 다음엔 오늘 같은 자비는 없을 것이다."

몬스터 비뉴엘의 사체 위에서 냉정한 어투로 내뱉는 그의 기괴한 얼굴에 장록수는 모골이 섬뜩했다.

'하, 힘들겠는데. 저놈 힐러부터 제거했어. 죽이지는 않았

지만 무력했지. 만약 여자를 봐주지 않았다면 길드원들은 몬스터의 먹이가 되었겠지.'

그는 여자 힐러가 부상의 아픔을 참으며 탱거에게 힐을 해주는 것을 보며 생각했다.

싸움의 맥을 아는 자였다.

그는 한숨을 내쉬었다.

그는 처음 보고를 받았을 때부터 마땅치가 않았다.

오열이 손속에 너무 거침이 없었기 때문이다.

이런 경우 대부분 정신적인 문제를 가진 자이거나 뒷배가 대단한 자들인 경우가 많았다.

"3대 길드의 마스터에게 내가 만나자고 연락을 넣어라."

"알겠습니다."

이번 문제는 자신의 길드만으로 해결할 수 없다는 것을 그는 깨달았다.

지금이라도 피했으면 좋겠지만 만약 그랬다가는 길드가 존재하지 못하고 해체당할 것이다.

가디언스의 길드 마스터 김인옥은 붉은 늑대의 길마 장록수가 만나자는 말을 듣고 의아했다.

같은 몬스터 부산물에 관련된 산업을 하다 보니 얼굴을 몇 번 마주친 적은 있어도 데면데면한 사이였다.

'뭐가 있군.'

그는 비서에게 요즘 집안의 문제가 있어 당분간은 곤란하다는 내용을 장록수에게 하라고 명령했다.

그리고 은밀히 어떤 일인지 알아보았다. 그런데 저녁이 되자 더 알아볼 것도 없게 되었다. 뉴스에서 크게 방송되었기 때문이다.

"하하하. 장록수, 그 건방진 놈이 똥줄이 탔구나. 그럼 그렇지 뭔가가 있었어."

그는 자신의 촉을 믿었다.

사업가에게 가장 중요한 것 중의 하나가 이 촉이었다.

결정을 내려야 할 상황에서 이 촉이 그에게 여러 번의 행운을 가져다주었다. 지금도 뭔가 발생할 것이라고 말해주고 있었다.

'그 건방진 놈이 먼저 연락을 할 정도면 뭔가 있어. 알아봐야겠군.'

김인옥은 불과 300명밖에 안 되는 길드원을 가지고도 자기와 어깨를 같이 하는 장록수가 마음에 들지 않았다.

게다가 장록수의 이미지가 너무 안 좋았다.

깨끗한 척하지만 사실 힘으로 다른 길드의 뒤치기를 해서 던전을 양보 받곤 했다.

그는 길드에서 제2던전을 맡고 있는 오총명 부길마를 불러

이야기를 들었다.

"붉은 늑대의 장록수가 나를 보자고 하더군. 오 부길마, 어떤가?"

"어제 TV에서 방송한 그 일로 보자고 하는 것 같은데 맞습니까?"

"그래, 상대가 독한 놈인가 보지?"

"관여를 안 하시는 게 좋을 것 같습니다."

"예를 들면?"

"그놈은 악마입니다. 만약 살인이 허락되었다면 붉은 늑대는 모두 죽었을 것입니다. 솔직하게 말씀드리면 최초의 말썽이 있을 때 저도 같이 있었는데 그 눈, 그 눈은 살인자의 눈이었습니다. 그것도 광기에 어린 눈이었죠. 그 살기 어린 눈을 보는 것만으로도 끔찍했습니다."

"그, 그 정도인가?"

"혼자 50명을 상대한 놈입니다. 그중에서 40명이 전투불능을 당했다면 말다했죠."

"힐러를 먼저 쳤다지?"

"그렇습니다. 붉은 늑대에 있는 친구의 말에 의하면 그쪽은 초상집 분위기랍니다."

"허~ 이거 참. 이런 일이 가능할 줄이야."

"녀석은 철저하게 준비해서 다음에 나옵니다. 다음번에 올

때는 지금보다 더 강해질 것입니다. 미행을 붙였던 두 명의
길드원이 정신이상에 걸리는 증상을 보였답니다."

"그 정도인가?"

"아무튼 그렇습니다. 저희 길드가 관여한다면 전 빠지겠습
니다."

"자, 자네."

김인옥은 오총명을 바라보았다.

그가 그런 말을 할 사람이 아닌 것을 알고 있는 그로서는
놀라울 뿐이었다.

오총명은 말을 하면서도 첫 만남에서 자신이 그에게 자리
를 양보를 한 것을 천운으로 여겼다.

귀티가 잘잘 흐르던 아머와 검을 보고 억울했지만 참고 물
러난 것이 얼마나 다행이었던가.

"그렇단 말이지?"

김인옥이 오총명의 말을 듣고 고개를 끄덕였다.

*   *   *

오열은 집에서 일어나 커피를 마셨다.

어제 힘들게 보낸 하루였다.

삭신이 저려왔다.

거대 길드를 대항하는 개인이 얼마나 약한지 알았던 하루였다.

"악마가 되지 않으면 대항을 할 수 없어. 용서와 관용은 힘 있는 자들의 특권이지. 그러니 난 더 잔인해져야 해. 그래야 만만하게 보지 않고 초기에 싸움을 멈출 수 있어. 흥미롭지 않나? 개막장 캐릭터였던 연금술사인 나에게 당한 사람들이 말이지."

오열은 커피의 짙은 향을 마시며 독백을 했다.

싸움을 원하지 않는다면 지금보다 더 잔인해져야 한다.

독한 깡패 같은 놈들이 모인 길드라고 하지 않는가.

그는 아침부터 내리는 비를 망연하게 바라보았다.

무엇인가 잘못된 느낌이 들었지만 멈출 수는 없었다.

멈춘다면 남은 것은 죽음이다.

'나만의 길을 가야지.'

오열은 쓴웃음을 지으며 연금술에 더 매달리기로 결심을 했다.

『영웅2300』 3권에 계속…

레드 크로니클
Red Chronicle

「드림워커」, 「컴플리트 메이지」의 작가
김현우가 색다르게 선보이는 자신작!

「레드 크로니클」

백 년의 세월 검을 들고 검의 오의에
다가선 남자 티엘 로운.

모든 것을 베는 그가 마지막으로
검을 휘둘렀을 때
그를 찾아온 것은 갈라진 시공간,
그리고… 자신의 젊은 시절이었다!

"하암, 귀찮군."

**검의 오의를 안 남자가 대륙을 바꾼다!
티엘 로운의 대륙 질풍기!**

Book Publishing CHUNGEORAM

유행이 아닌 자유추구 -
WWW.chungeoram.com

魔 in 화산

摩 in

FANTASTIC ORIENTAL HEROES
용훈 新무협 판타지 소설

무림공적, 천살마군 염세악!
검신 한호에게 잡혀 화산에 갇힌 지 백 년.

와신상담… 절치부심… 복수무한…

세월은 이 모든 것을 잊게 하고
세상마저 그를 잊게 만들었다.
하지만.

"허면 어르신 함자가 어찌 되시는지……"
우연한 만남, 자신도 모르게 튀어나온 원수의 이름.
"그게… 한, 한호일세."

허무함의 끝에서 예기치 않게 꼬인 행로.
화산파 안[in]의 절세마인, 염세악의 선택!

Book Publishing CHUNGEORAM

용병귀환

유왕 판타지 장편 소설

수십 년 전, 용병왕의 등장으로 생겨난
왕국과 용병의 세계.
평소엔 한없이 가볍지만 화나면 누구보다 무서운,
놀고먹고 싶은 그가 돌아왔다!

하지만 바람과는 달리 과거 그의 앙숙과 대륙의 판도는
도저히 그를 놓아주질 않는데……

"용병은 그냥, 돈 받고 칼을 빌려주는 놈들이니까."

그의 용병 철학은 단순했다.

"물론, 누구에게 빌려주느냐가 문제겠지?"

말년병장 이등병되다!

에바트리체 장편 소설

FUSION FANTASTIC STORY

대한민국 남자라면 알고 있을 바로 그 이야기!

『말년병장, 이등병 되다!』

전역을 코앞에 둔 말년병장, 이도훈.
꼬장의 신이라 불리던 그가 갑자기 훈련병이 되었다?!

"···이런 X같은 곳이 다 있나!"

전우애 넘치는 군인들의
좌충우돌 리얼 군대 이야기!

Book Publishing CHUNGEORAM

유행이 아닌 자유추구 -
WWW.chungeoram.com